模仿天才

中国当代故事文学读本系列三

17 幽默讽刺系列

上海故事会文化传媒有限公司

图书在版编目（CIP）数据

模仿天才 / 故事会编辑部编. -- 上海 ：上海锦绣文章出版社，2014.8

（中国当代故事文学读本）

ISBN 978-7-5452-1545-8

Ⅰ. ①模… Ⅱ. ①故… Ⅲ. ①故事－作品集－中国－当代 Ⅳ. ①I247.8

中国版本图书馆CIP数据核字(2014)第159050号

责任编辑：周奥扬

装帧设计：周艳梅

责任督印：张 凯

书　　名：模仿天才

著　　者：《故事会》编辑部编

出　　版：世纪出版集团　上海锦绣文章出版社

出　　品：上海故事会文化传媒有限公司

（200020　上海市绍兴路74号　www.storychina.cn）

发　　行：世纪出版股份有限公司发行中心

印　　刷：上海商务联西印刷有限公司

开　　本：787×1092　1/32　印张8

版　　次：2014年8月第1版　2014年8月第1次印刷

书　　号：ISBN 978-7-5452-1545-8/I·597

定　　价：15.00元

编者的话

一、中华民族自古以来便有讲故事的传统。五千年的文明绵延不断，五千年的故事口耳相传，故事成为中华民族弥足珍贵的精神财富。

二、创刊于1963年的《故事会》杂志是一本以发表当代故事为主的通俗性文学读物。50年来，这本杂志得风气之先，发表了一大批脍炙人口的优秀作品，许多作品一经发表便不胫而走、踏石留印，故而又有中国当代故事“简写本”之称。

三、50年来，这本杂志眼睛向下、情趣向上，传达的是中华民族最核心、最基本的价值观。

四、为让读者在最短的时间内阅读最大面积的精品力作，同时也为纪念《故事会》杂志创刊50周年，故事会编辑部特组织出版《中国当代故事文学读本》丛书。

五、丛书共分六个板块：悬念推理系列、幽默讽刺系列、惊悚恐怖系列、言情伦理系列、古今传奇系列、社会写真系列。并按系列逐年推出若干部作品集。

六、古人云：登东山而小鲁，登泰山而小天下。对于喜欢故事的读者来说，本丛书的创意编辑将带来超凡脱俗的阅读体验。

《故事会》编辑部

目录
Contents

妙语·博笑记

痴人·奇遇记

目录
Contents

众生·变形记

世间·颠倒记

妙语·博笑记

miaoyu boxiaoji

讲述一段诙谐的故事，博你一个会心的微笑。

好闺女

这天，某长途车站内，去林东的客车马上要发车了，只见从车站门口走过来一个拎着大包小包的老太太。售票员安姑娘赶紧迎上去，热情地招呼道:“大娘,是去林东的吧,车子马上要开了,请赶快上车吧。来,东西我帮您拿。”

安姑娘把老太太扶上车，又帮她安顿好位子。老太太感动得嘴里一个劲儿地夸：“好闺女呀，你真是个好闺女。”

这时，车子就起动了，离开车站扬长而去。安姑娘没歇一口气，便开始挨个儿到座位前售票，摇摇晃晃了好一阵子，自己总算坐了下来。老太太赶紧伸过头来问：“闺女呀，这儿离大板站有多远哪？”

安姑娘回过头来，笑眯眯地对老太太说：“大娘，还远着呢，您老别着急,先睡会儿,打个瞌睡。”老太太点点头,便靠上椅背,闭上了眼睛。

车子一路颠着，车厢里静悄悄的，或许是被睡意感染了吧，安姑娘这时也觉着倦意阵阵袭来，上下眼皮直打架。可她刚闭上眼睛，老太太却像做了恶梦似的猛地站起来，问："闺女呀，到大板站了吧？"

安姑娘被吓了一跳，摇摇头耐心地说："大娘，您别着急，还有两个小时的路程呢，到时候我叫您，您就放宽心睡吧！"

老太太这才似乎放下心来，挺不好意思地点点头，嘴里喃喃着:"闺女呀，那就太谢谢你啦。"

车子继续在公路上奔驰着，突然一个拐弯，安姑娘的头撞在车门口那根把手杆上，给撞醒了。安姑娘下意识地伸手一看表："呀，过三个小时了，完了，这下可惨了，大板站早就过了。"

姑娘回头一看，不由吐了下舌头，幸好老太太还没有睡醒。她赶紧走到司机跟前，商量加乞求，司机挺通情理，车子掉转头，又向回开去。

大板站到了，安姑娘终于露出了舒心的笑容，她轻轻推醒了老太太，便伸手去替她拿包。

老太太揉揉惺忪的眼睛，发现安姑娘拎着她的包已经跨下车，急得赶紧颠过去，拉住安姑娘问："闺女呀，你这是干啥？"

"大娘，到大板站了，您该下车了。"

老太太急了，一把就拽过来一个包："谁说我要下车了？"

"那您刚才让我叫您……"安姑娘的眼睛瞪得溜圆。

"嗐，那是我儿子告诉我，车到大板站的时候，我要吃一次药。"

（赵雅珍）

（题图：李　加）

一颗假眼珠

李家塬有个村民叫刘尔州，是全村有名的二流子，好吃懒做，惹是生非，乡里村上的干部见了他全都头疼。

那年，李家塬的水库大坝被水冲毁，乡政府组织村民紧急抢修，全村的青壮劳力都上了大坝，但刘尔州躺在炕上雷打不动。村干部上门催他出工，说如不出工就要罚粮罚款，刘尔州不愿挨罚，就懒洋洋地去了。到了工地，刘尔州不肯干活，蹲在一边看热闹。或许是运气不好，该他倒霉，一块炸碎的巨石“哗”地散开，飞溅的碎石不偏不斜击在刘尔州的右眼上，刘尔州当即血流如注，昏死过去。乡政府派人派车把刘尔州送到兰州一家大医院，医生从他眼眶里取出一颗小石子儿，然后装进了一颗玻璃假眼珠。

从此，刘尔州的眼睛长到额头上了，成了乡政府的“功臣”，只要一听到上级拨来了救济粮、补助款什么的，刘尔州就去乡政府找书记、乡长，一见面就开门见山：“乡长，这次的补助款有没有我的？”话音刚落，他便拿出了“重磅炸弹”：把玻璃眼珠“啪”地往桌上一拍，就像下注似的。

乡长身子一颤，赶紧点头：“有，有，没别人的，可不能没你刘功臣的。不过，老刘啊，上个月已经给了你不少，这次只能给你 50 元。”

“啥？50 元？你哄三岁憨娃娃哩！我刘尔州可是因公致残，为了给你们弄政绩，把真眼珠子扔到大坝上换了这个玻璃球儿，咋的，闹了半天就值 50 元？”说着，又“啪”地把眼珠拍在了桌上。

乡长赶紧改口：“那好，给你 100 元。”

“啪！”刘尔州又将眼珠猛地一拍……

“好好，给你 150 元……”

刘尔州这才将玻璃眼珠按进眼眶，哼着秦腔，凯旋而归了。

有一次，刘尔州的儿子瓜蛋儿和一帮光屁股伙伴儿玩玻璃弹子赌输赢，不一会儿，瓜蛋儿口袋里的老本全都输光了，伙伴们不愿再和他玩，他就蔫头耷脑地回了家。刘尔州正在睡午觉，那颗假眼珠就放在枕头边。瓜蛋儿本想爬上炕睡觉，不料看见了枕头旁的那颗玻璃眼珠，小孩子不懂事，正痴迷着玻璃弹子，哪里会去细细辨认？想到又可以去赌个输赢，瓜蛋儿早乐得眉开眼笑，于是将玻璃眼珠一把抓在手里，跳下炕就去找伙伴儿了。只两三个回合，瓜蛋儿就把刘尔州的那颗宝贝疙瘩输给了小伙伴儿。

恰好这天是刘尔州准备去乡里要救济款的日子，不料一觉醒来不见了眼珠子，眼巴巴地丢了一次进账的机会。老婆不甘心再受损失，于是费了好多周折，四处托人，又给刘尔州买了一颗玻璃眼珠。刘尔州重新拿到“重磅炸弹”后，就猴急地等待着机会。

不久，听说上级又拨下了救灾物资，刘尔州得知消息，立马赶往乡里。

乡政府刚刚换届，据说新来的彭乡长曾经在武警部队当过副营长，还立过功，但刘尔州不怕，他有无往不胜的“重磅炸弹”呢！他理直气壮地闯进了彭乡长的办公室，彭乡长架子不小，端坐在椅子上起都没起来，只是冲刘尔州笑一笑，问他有什么事，刘尔州说了来意。彭乡长听完，立刻摆出公事公办的架势：“这件事乡政府要认真研究，听说过去给得不合理，群众有看法，这次我们要研究一个合理的方案……”

“研究个屁！”刘尔州按照惯例，把玻璃眼珠“啪”地往桌上一拍，“好哇，你们当官的过河拆桥，老子连眼珠子都赔上了，你们竟这样对待功臣！”说着，再一次拿起眼珠，又重重拍下。

这时，彭乡长身子一弯，手往办公桌下一掏，只听“咣当”一声，他把一样东西重重地扔在办公桌上——刘尔州吓得差点晕倒：一截人造假腿！

“我那次带队伍抓捕武装贩毒集团，中了毒弹，感染了，喏，这就是截掉的半截腿。”彭乡长瞟了刘尔州一眼，笑了笑说，“老刘呀，你说的这事，我们要再研究研究。你还有别的事吗？”

刘尔州早已心惊肉跳，一身冷汗：“那就研究……研究吧……”说完，他心慌意乱地退了出去，刚走到门外，忽听彭乡长在身后喊道：“老刘，你的眼珠子还在桌上呢！”

（马崎雄）

（题图：李　加）

高 见

齐芳去县报社当实习记者，报到的第一天，社里便派记者于军带着齐芳一起去采访一个刚受了洪灾的村子。

齐芳和于军到了那个村，村主任带着他俩去采访遇难者家属。一路上，于军教导齐芳说："当记者要有敏锐的眼光，要能看清事件后面的东西。譬如发洪水是一种灾难，但透过灾难，我们往往可以洞察人性。我今天就给你上一课。"齐芳听了，一个劲儿地点头。

说着话，他们看到一个妇女在呼天抢地地号哭，两个人立即上前询问。那妇女哭诉道，洪水来时，她领着儿子女儿正向山上跑，洪峰扑过来，她只来得及救起儿子，女儿却被洪水卷走了……于军悄悄地对齐芳说："你看，从这件事，我们就可以看出她的骨子里是重男轻女的。"齐芳似懂非懂地点了点头。村主任在一旁听着，没说话。

他们遇到的第二个人是个小伙子，小伙子流着泪告诉他们，他只救出了他的妻子，而他的母亲却被大水卷走了。于军听了，又悄声告诉齐芳："你看，这就是典型的不孝子，他的眼里只有妻子没有母亲。"齐芳眨巴着眼睛，没说话。村主任则盯着于军，目光中有了一种不满的成分。

最后，村主任把他俩带到一个神态痴呆的中年人面前，无论于军怎么提问，那中年人就是不说话，只是双眼空洞地望着前方发呆。村主任告诉他们，这个人的妻子和儿子全在这次洪水中丧生了。于军又对齐芳说："你看，这个人是个胆小鬼，洪水来的时候，只顾自己逃生……"

于军一边说，一边回过头来，只见村主任正怒视着自己。他忙冲村主任笑笑，问："村主任，是不是我的话不对？"

村主任说："哪里哪里，高见呀高见！"于军一听，不由更加得意。

正在这当口，斜刺里冲出一条狼狗来，这狼狗"汪"的一声大叫，直朝于军扑过来，于军吓得左躲右闪，但左大腿还是被狼狗咬了一口。村主任上前大声吆喝，好不容易才将那条狼狗赶走了，而于军的大腿上已经是鲜血淋漓。

村主任扶着龇牙咧嘴的于军，责备道："于记者，你也太不小心了，怎么不把你的左腿躲开呢？"

于军正痛着，听了村主任的责备，不由火气上冒，叫了起来："我不是在躲吗？刚刚闪开右腿，左腿就被它咬了。"

村主任却不慌不忙地说："你这人也真是的，只知道爱惜右腿，而不爱惜左腿，你干吗不把左腿也闪开呢？"

于军气坏了，想不到自己挨了咬，村主任不但不同情，反而说起风凉话。他冲村主任吼了起来："你可真会说风凉话，我闪得开吗？那狗冲过来那么急，我哪来得及想躲开左腿还是右腿！”

村主任点了点头，沉下脸，说：“是呀，灾难总是猝不及防的。你刚才遇到的那三个人跟你现在的遭遇也是一样，你不想被狗咬，难道他们想让洪水卷走亲人吗？你没有时间去想躲开哪条腿，他们呢，也没有时间去想救哪个亲人呀！”

齐芳在一旁听了，忍不住竖起大拇指：“村主任的话，真是高见！”

齐芳的话音刚落，刚才被轰走的那条狼狗又出现了，直朝这边扑过来。村主任忙站起来，直摇着手说：“什么高见？不！不！狗屁！纯属狗屁！”说来也怪，就在村主任摇手说话间，那条狼狗又转过身，夹着尾巴走掉了。

傍晚的时候，于军因为受了伤，回不了县城，只得留宿在村里，村主任派一个村民送齐芳回报社。路上，齐芳想起那条狼狗，便问村民是怎么回事。那个村民笑了起来，说：“那条狼狗是村主任养的，村主任为了对付那些专来村里胡说八道、乱发指令的乡干部，花了老大的精力训练它，只要对它说声‘高见’，它就会扑过来咬人；只要对它说声‘狗屁’，它就会转身走开。今天可能是于记者也说了什么不该说的话吧，不然村主任怎么又高见了？”

齐芳听了，抿嘴儿一乐，什么话也没有说。

（方冠晴）

（题图：黄全昌）

我的地盘我做主

李主任是青山村新当选的村干部，一上任，就着手忙起了修路的事，可是修路款还差十来万，怎么办呢？李主任想，这些年很多人都出去做生意发了财，动员他们给村里捐个十万元还不容易？

哪知真的去筹款，李主任才发现确实不容易。他带着一队人马，嘴皮子都磨破了，却只募来了九千多元。其中最气人的是在县城里开酒楼的马三不，不但一分钱不捐，还指着李主任说："我家早就搬到城里来了，你们村的路我几年才走一回，凭什么让我出钱，你们享福？不捐！"

眼看筹不到钱，李主任急得嘴上直长泡。他在外地上大学的儿子李敢想，听父亲在电话里说起这事，就出了一个主意。

李主任想，反正也没别的法子了，就试试儿子的方法。于是他命人起草了一封信、一份合同书，又找人画了一张全村道路分布图，复印了几十份，寄给那些在外面发了财的青山村人。

哪想，信发出后没两天，就有人给李主任打电话，主动要求捐款。接下来几天，李主任的手机都要被打爆了，由于要求捐款的人太多，李主任只得对后面无法捐款的人说：先订先得，不好意思啊！

十天后，所有的捐款都到了账，李主任立即组织人马，准备开工。

再说那个马三不，因为他上次拒绝得特别坚决，所以李主任压根儿就没给他寄信。没想到，开工那天，马三不却不请自到，气呼呼地责问李主任为何不一碗水端平，不给他提供为家乡做贡献的机会？说完从包里掏出一大叠百元大钞，硬塞到李主任手里。

李主任连忙往外推，说："钱早够了，再说那事早就安排完了，总不能把已订给别人的让给你吧，咱得按合同办事啊！"

马三不急了："我的好主任，你就给想想办法吧。你今天不答应，我就不走了！"

李主任抓了好一会儿头皮，才很勉强地说道："就收你两千吧，再多我也没办法了。"马三不一听，高兴地数了两千元给李主任，这才走。

两个月后，道路终于竣工了。所有的捐款人都被邀请回了青山村，李主任领着他们一边参观，一边介绍："这是主干道——二羊大道，这是支路——大牛路，这边这个是小翠桥……"原来，李敢想的主意就是：将青山村的大路、小路的冠名权，一一明码标价，谁出钱就冠谁的名，让那些富了的青山村人自由选购。

捐款的人很快就在村中大大小小的道路边，找到了刻着自己名字的路牌。只有马三不把全村都找遍了，也没找到自己的名字，他脸上挂不住了，气冲冲地去问李主任。

李主任一脸委屈："马老板，这你可错怪我了，你来之前所有路、桥的冠名权都被别人买走了，我可是想破了脑壳才为你想出了一个法子，你来看……"说着跳下了二羊大道，指着路边的一个圆圆的洞口道，"这是我们专门为你增加的一道排水用的水泥管！"

马三不很不满："李主任，你们把我埋在这下面，谁能看得到啊？我的钱不白出了吗？"

李主任手又一指："我们在这儿给你竖着牌子呢！"

马三不顺势望去，果然看见洞口旁边立着一块牌子，上面写着三个大字：三不管。

（裴文兵）

（题图：杨宏富）

马虎小媳妇

小佳结婚不久，婆婆放心不下儿子，就来儿子家里住了几天。婆婆发现儿子结婚后从王子变成了奴隶，洗衣、做饭、拖地、买菜，什么事都要干。

婆婆不乐意了，说了小佳一通，小佳不好意思地说："妈，因为我平时比较马虎，所以你儿子就不让我做事了。"

婆婆一听，自告奋勇道："别怕，我来教你，保准你能做好……"

这天，婆婆带小佳去买菜，她让小佳去蔬菜摊拿点葱，小佳领命去了，可回来时，她的手里拎了一把蒜苗。原来，小佳把蒜苗看成了葱，二话没说就买了。

第二次，婆婆又带小佳去买菜，还是让小佳去拿葱，结果她一马虎听成了洋葱，拿了个大大的洋葱回来。

还没等婆婆数落，小佳看到买西瓜的摊位，急急走了过去，婆婆不放心，怕小贩坑她，给她不熟的瓜，就跟在她身边。小佳挑了一个西瓜，问小贩："这瓜怎么卖？"

小贩说："五块钱三斤。"

小佳算了算，大声说："这么贵啊，两块钱一斤行不行？"

婆婆傻眼了，忙说："哪有你这样砍价的，人家开价五块钱三斤呢，你说两块钱一斤，不就等于六块钱三斤吗？我们不是亏死了？"

小佳恍然大悟地点点头。婆婆呢，气不打一处来，简直断了教小佳做家务的念头。

几天后，婆婆因为家里有事，要回家。她一走，小佳立马打电话给妈妈。电话一接通，不等妈妈开口，小佳便滔滔不绝地倒起苦水来，诉说婆婆的不是，和自己这些天来遭受的苦难。

数落了半天，电话那边传来了叹息声，对方无奈地说："小佳，你这孩子实在太马虎了。我是你婆婆，下次打电话看准了号码再拨……"

（张凤武）

（题图：顾子易）

谁是领头人

一个细雨蒙蒙的下午，一辆大客车奔跑在通往蒲州的公路上，车上座无虚席。

突然，一个老太太一把拉住身旁的一位乘客，惊喜地叫道："哎呀，你不就是电视里那个关山虎吗？"她这一叫，惊动了车上所有的人，几十双眼睛"唰"地都盯向老太太身边那位身材魁梧、浓眉大眼的大汉。

此人正是电视演员！最近当地电视台正在播放电视连续剧《关山大侠》，其中那位身怀绝技、爱鸣不平、一身正气的"关山虎"就是他扮演的。现在他又在另一部电视剧《鹦哥儿》中担任主角，去蒲州拍外景，因没赶上剧组专车，只得乘班车前往。

当人们认出他就是电视里的"关山虎"时，整个车厢顿时热闹起来。有的向他敬烟，有的和他攀谈，还有两个女学生，红着脸拿个本子要他签名。那个老太太高兴地说："我今天运气真好，能和大侠坐一起。你不知道，我身边带了好几百块钱，是跟人家借了去给儿子交住院费的。听说这条道上出过强盗，我有点担心……"

大侠听了，笑着说："大妈，有我在，你尽管放心，不是我吹牛，对付他十个八个不在话下。"

听他这么一说，乘客们都笑了起来。笑声中车子停了，车门打开，上来三个人，接着车门关上，车又开了。

汽车转了两个大弯，来到"鹰嘴崖"，刚才上车那三个人中的一个像是准备买票似的，边掏口袋边走到驾驶员的身旁。可他掏出来的并不是钞票，而是一把寒光闪闪的匕首，对准司机的脖子，厉声喝道："给我停车！"

车停了下来，那人把司机推到车厢里，强迫他坐下，整个车厢霎时静得连一根针掉到地下都听得见。人们全都明白眼前发生了什么事，一个个惊得目瞪口呆。大家不约而同地把目光投向"大侠"，可是，他却呆呆地坐着，既不动口，也不动手。

这时，三个歹徒中为首的一个彪形大汉，从后腰拔出支手枪，往自己脑门上一顶，将帽子推到后脑勺上，额角上那道长长的月牙形大疤顿时显露了出来。他阴沉地一笑："诸位大概还不认识我，我介绍一下，我叫刀疤阿三，这额上的刀疤就是我的身份证，也是我的商标。我可不是假冒产品，是正宗的持枪抢劫杀人犯，是公安局注了册的，下了通缉令的！一句话，我刀疤阿三是脑袋吊在裤腰带上闯荡世界的好汉！近来手头紧，想问大家借点钱用。在座各位凑够五千元，咱们各走各的路，平安无事。要是哪个不识相，对不起，我刀疤阿三也不在乎多杀几个人！闲话少说，言归正传。"他手一挥命令道，"开始收钱！"

一声令下，另两个歹徒立即分头行动，高个子对付右边，矮个子对付左边，“刀疤阿三”站在车头上压阵。

高个子首先来到一个中年胖子面前，这胖子西装革履，手上戴着4只金戒指，腰里系着个鼓鼓的腰包，旁边还揣着只BB机。高个子晃晃手中的匕首，说：“看样子是个大款嘛！怎么样？带个头吧。”

胖子吓得结结巴巴地说：“师傅，你把刀子收起来好不好？我心脏不好，血压又高，我害怕的啦，钱我统统给你就是啦。”说着就解开腰包递了上去。

歹徒接过腰包打开一看，里面全是卫生纸，钱只有十来元，就说：“怎么，想拿毛纸来哄我们？”

胖子急忙分辩说：“不是的啦，这卫生纸是昨天旅馆里拿的啦。”

“为什么只有这点钱？”

“师傅，我是只有这些的啦，不瞒你们说，我是卖假药的，生意没做成，哪来的钱啦。”

“把手上的金戒指拿下来。”

“不不，不能给的啦。”

高个子火了，随手往座椅的靠背上“嗤”地划了一刀：“不给就试试，你的肚皮是不是比人造革结实？”

胖子吓得直冒冷汗，忙说：“给给，但是给你们也没用的啦，兄弟不瞒你们说，我这假药生意不好做，我是装装门面唬唬人的，这金戒指是我3元1只10元4只买来的啦，这BB机也是假的，实际真没钱啦。”

高个子一生气，给了胖子“啪啪”两巴掌，胖子捂着脸，不作声了。

右边那个歹徒来到一个年轻人面前，一把抓住他的头发说：“喂，低着脑袋干什么？快掏钱！”

年轻人说："我没钱，不信你搜。"歹徒将他浑身上下摸了个遍，确实找不到一分钱，一气之下，随手往他腿上扎了一刀，年轻人的腿上顿时鲜血直流。

这一刀扎在年轻人身上，痛在众人心里，大伙不约而同"啊"地一声惊叫。坐在后面角落里一个卖烤红薯的农民更是又惊又怒，他拿起两个拳头大的生红薯，正想站起来拼命，被"刀疤阿三"看见了，举枪吼道："你他妈的想干什么？找死是吗？"另两个歹徒三步并作两步冲到农民面前，用匕首对着他。

农民知道自己赤手空拳，寡不敌众，急忙亮出红薯说："别误会，我今天为赶车，中饭都没吃，想吃个生红薯充充饥。"

高个子歹徒伸手打落他手中的红薯，说："别啰唆，快拿钱！"

农民无可奈何地掏出了钱包，说："大哥，我是卖烤红薯的，小本生意，这点钱是我省吃俭用攒下来想娶老婆的。我今年32岁了，还是个光棍，求你们拿一半，给我留一半吧。"

矮个子一把夺过钱包骂道："老子今年40岁了，还没老婆，你32岁，早呢！"

那位老太太起先很镇定，因为她身边就坐着个身怀绝技的"关山大侠"，但当她发现"大侠"两条腿也在发抖，就知道靠不住了。所以当歹徒来到她身边时，她就"咚"地跪下哀求："你们可怜可怜我这个老婆子吧，我儿子躺在医院里，等着我的钱去救命，求求你们啦。"歹徒哪管这些，抢走钱后，抬起一脚，将老太太踢倒在地。

"关山大侠"怎么也没想到今天会碰上这样的场面。他真想像演电视剧那样，一声大吼，凌空一跃跳将过去，一个"铁砂掌"，先把"刀疤阿三"制服，然后来个左右开弓，把高个子和矮个子打倒在地，再踏上一只脚……可是不行啊，那功夫全是假的，连常用的武器“三节棍”也是塑料的，这可咋办呢?

“大侠”正一边发抖，一边胡思乱想着，只见歹徒已经来到两个女学生面前。高个子嬉皮笑脸地说：“姑娘，快掏钱吧。”

“我们是学生，真没钱，求你们了。”

“嘻嘻，没钱?口说无凭，得搜搜看。”两个歹徒说着就上去一人一个抱着乱摸。

姑娘哪里受得了这样的羞辱，一边反抗一边骂:“流氓，强盗!”“强盗，流氓!”

随着她们的叫骂，突然传来一声呐喊:“打死他!打死他!为民除害!”

这意外的一声喊，把大家都唤醒了，是啊，刚才许多人都意识到与其束手被抢，不如奋起反抗，车上40多人，还对付不了这三个歹徒?只是因为怕无人响应，才都憋到现在，如今有人领头，纷纷“呼啦啦”站了起来。

“刀疤阿三”大惊，举起手枪失声吼叫：“谁敢动?谁动先打死谁!都给我老老实实坐下!”谁知他话音刚落，那位老太太一跃而起，猛扑上去，抓住“刀疤阿三”拿枪的手，死命地咬住不放，痛得他杀猪一样尖声号叫起来，手枪“咣当”落地。

“大侠”一看老太太这么勇敢，一个激灵，腿也不抖了，急忙抓起塑料三节棍，跳到椅子上，像演电视剧那样摆开架势喊道：“弟兄们，跟我上!”

卖烤红薯的农民见“大侠”出头了，胆子顿时壮了三分，抓起红薯就当手榴弹扔。那拳头大的红薯一个接一个朝歹徒飞去，歹徒们一个个被砸得鼻青脸肿。几个妇女受到启发，也摸出茶叶蛋派用场，一时间，红薯茶叶蛋横飞，打得歹徒嗷嗷直叫。

这时，车上所有的人都精神大振，有的拿鞋，有的甩包，有的挥伞，一切能充当武器的东西全用上了，大家叫着骂着，一拥而上，就像对付过街老鼠，将三个歹徒分别包围，往死里打。

就这样，眨眼工夫，形势发生了根本性的变化。刚才还耀武扬威的歹徒，现在一个个像猪猡似的被捆得结结实实。而刚才连大气都不敢喘的乘客，如今却扬眉吐气、群情激奋，连那个卖假药的老兄，此刻也胆大了，冲着三个歹徒狠狠地踢了几脚，说道："你们这几个人，良心大大的坏啦！常言道，善有善报，恶有恶报，你们都要枪毙啦！做坏事的人没有一个有好下场啦。"

听他一说，大伙都乐了，有人问他："你卖假药算不算做坏事呢？"

他红着脸说："我是不好不坏啦，实话告诉你们，我卖的药治不好病，也吃不死人，统统都是面粉做的啦。"

在大家的说笑声中，车子开进厂公安局，当公安干警们发现群众抓获的歹徒竟然是公安部通缉的"杀人魔王"刀疤阿三时，一个个都惊呆了。为此，公安局长亲自接见了他们，将 40 多人的姓名、工作单位和家庭住址一一作了登记。

局长认为，群众当然有功，都要表彰，没有群众的齐心协力，是不可能赤手空拳制服这些歹徒的；但更重要的是领头人，没有领头人，群众就无法发动起来。那么这领头人是谁呢？

有人说，卖红薯的农民是领头人，他那些红薯实在太厉害了，只只击中要害，是他鼓舞了士气。卖红薯的农民脸"唰"地红了，连连摇手说："哪里，其实我是个胆小鬼，刀疤阿三把枪对着我的时候，我吓得尿都拉到裤裆里了。后来看见大侠拿着三节棍站出来，我胆子才壮了，要说领头人，该是大侠。”

“大侠”连连摆手：“不不不，说实话，我这个人平时喜欢吹牛，可今天这个牛我不敢吹！你们别看我在电视里飞檐走壁，那全是假的！今天的事我很清楚，要说领头人，不用说是这位老太太，是她第一个冲向‘刀疤阿三’，咬住了他的胳膊。告诉你们，老太太一共6颗牙，这一咬她嘴巴里只剩4颗牙，还有两颗恐怕现在还嵌在‘刀疤阿三’的肉里呢！”

听他这么一说，公安局长上前握住老太太的手说：“大娘，多大岁数了？”

“66岁，属龙的。”

“好！老太太，您真不简单哪。”

老太太急了：“局长，我可不是领头人，我胆子小着哪，要说领头人，应该是喊‘打死他，打死他，为民除害！’的那个人，没有那一声喊，我老太婆哪有那么大胆子敢咬‘刀疤阿三’呢？”

老太太这么一说，众人连连称是，于是公安局长又开始查访谁是第一个呐喊的人。可是怪了，谁都说清清楚楚听到过呐喊声，可查问谁是呐喊者时，大家又都糊涂了。那么喊“打死他，打死他，为民除害！”的又是谁呢？公安局长有些为难了。

突然，“大侠”拍了拍脑袋，高声叫道：“我知道了，我知道是谁喊的。”说完就飞快地跑到汽车上，抱下个用布蒙着的东西，掀掉布一看，是只鸟笼，笼里装着一只鹦鹉。“大侠”说：“喊‘打死他，打死他，为民除害’的就是它！”

原来，这鹦鹉是电视剧《鹦哥儿》剧组里的一位“演员”。其中有段戏是当女主角受辱时骂“流氓，强盗！”时，它就喊“打死他，打死他，为民除害！”，刚才那两位姑娘受歹徒欺侮时骂“流氓，强盗！”时，鹦鹉以为又拍电视了，所以马上读出了它要叫的台词。

听“大侠”这么一说，所有的人都乐了，一个姑娘想试试真假，故意对着它喊了一声:“流氓，强盗！”鹦鹉果然又响亮地叫起来:“打死他！打死他！为民除害……”

（方赛群）

（题图：张恩卫）

痴人·奇遇记

c h i r e n   q i y u j i

揭开一个秘密，踏上一次征程，成就一段传奇……

吓煞人的大腿

新光医院手术间今天有一例大手术，一位十五岁不到的小姑娘右腿膝盖骨上患了一个肿瘤，已经扩散，需要高位截肢。截下的病腿，医院派公务员戴度送到火葬场去火化。戴度今年六十五岁，身板结实，为人忠厚，医院里上上下下有什么急事，都喜欢请他帮忙。今天戴度接到任务，立即行动，他怕拎了这东西跑出去会吓坏人，特地找了一只塑料袋，把病腿装了进去，然后再用蛇皮袋套在外面，用绳子扎紧袋口，往肩上一背，走出了医院。

新光医院离火葬场有一段路，乘车子要半个小时。戴度挤上公共汽车，刚站定，只觉后面“啪啪”有人在拍他的蛇皮袋。他回头一看，是售票员。“老头子，袋里放的啥东西？”

戴度想：我放的是人腿，讲出来不但吓人，弄不好还得上公安局“讲清楚”，因此临时编道：“是、是狗……狗腿。”

售票员用手捏了捏：“喔唷，你这只狗腿很壮呀。”

戴度听了有点窝火：“谁的狗腿？你这同志怎么这样说话！”

售票员自觉失言，忙打招呼：“对不起，对不起，我看这狗腿血淋淋的，碰着乘客要骂山门的。来，拿过来，放在我卖票台下，保你万无一失。”售票员边说边伸过手，帮戴度一起把蛇皮袋放好。戴度感激地朝售票员望了一眼，庆幸自己今天碰到了好人。

汽车好不容易到了火葬场，车子一停，乘客陆续下车。戴度正想去拿蛇皮袋，售票员已经把它递了过来，热情地说：“老头子，当心些，路上不要碰到人家身上。”戴度感动得不知说什么好，恨不得蛇皮袋里装的真是狗腿，可以分一半给他，表表自己心意。

谢别售票员，戴度背起蛇皮袋直奔火葬场。今天当班的是殡葬工小刘，小刘接过戴度递过来的医院证明看了看，随即打开袋口。“啊？”小刘一愣，问，“你没搞错吧？”

“没错，医院让我背来火化的。”

小刘有点不信，蹲下身子，用鼻子嗅嗅：“没变质呀，送给我吧。”戴度一呆：眼下各地雁过拔毛的事挺多，但从未听说过火葬场要人腿的。

戴度正纳闷呢，小刘把那只腿拎了出来，戴度定睛一瞧：我的妈呀，眼睛一眨，老母鸡变鸭，那人腿不知什么时候变成了一只狗腿！

突然，戴度想起来了，自己刚才在车子上把蛇皮袋放到售票台下面时，那里好像已经有了一只蛇皮袋，会不会是售票员递给我时，张冠李戴给换错了？这一想，戴度紧张起来：狗腿香喷喷，人腿吓煞人，万一被人背回家，胆小的，吓出神经病；心脏不好的，吓掉一条命。戴度再也不敢想下去，拔腿就往大门外跑，他要去找那个售票员。

这位售票员姓林名光，林光样样灵光，就是一样不灵光，他今年三十五岁，结婚五年，至今没有儿女。医生说林光的身体虚弱，需要补补营养，最好吃点狗肉，可以滋阴壮阳，所以林光今天一早来上班，就去集贸市场买了一只狗腿，放在售票台下。因为是收摊货，所以特别瘦。刚才车子上林光一听老头背的是狗腿，起手一捏知道这只狗腿非常壮，也是装的蛇皮袋，顿时起了邪念，来了个调包计。

现在戴度急匆匆奔进汽车总站，他满头大汗，四处张望，突然看到林光正准备上车，赶紧跑上去，一把拉住林光的胳膊，说："小师傅，你刚才把蛇皮袋搞错了，我的那只蛇皮袋你快还给我。"

林光回头一看，哟，这老头子追来了！他眼睛一眨，问："老头子，我刚才给你的是什么袋？"

"蛇皮袋。"

"你蛇皮袋里装的是什么？"

"是……"戴度仍旧不敢讲是人腿，"是，是狗……狗腿！"

"那么你拿回去的蛇皮袋装的是啥？"

"是狗腿！"

"老头子啊，"林光眼一瞪，"你昏头啦，你出来时用蛇皮袋装的是狗腿，拿回去的还是蛇皮袋装的狗腿，这错在哪里？我们要发车了，你快走开！"林光把戴度赶下车，车子"嘟嘟——"一声就开出了车站。

戴度急得双脚乱跳，望着车子背影大叫："停一停！我的腿！腿！这样要出大事情的……"谁知越喊车子开得越快，眼睛一眨，影子也没了。戴度急得有口难讲，眼泪也落下来了。

戴度一哭，调度员老黄走过来了，关切地问："老伯伯，出啥事情了？"

戴度一把拉住老黄的手说："同志，请你帮帮忙，叫车子停下来，我的腿还在车子上。"

老黄抬起头，惊讶地把戴度上上下下打量了一番，觉得他不像是神经有毛病，这才用手指指："老伯伯，你的腿不是好好地长在你身上吗？"

"啊呀，不是……是那条腿。"

"老伯伯，人只有两条腿，你难道有第三条腿？"

"这个、这个……"戴度这才明白自己急糊涂了，忙掩头藏尾地把事情经过讲了一遍。

老黄听了心想：一只狗腿，又不是什么大事，就对戴度讲："老伯伯，不要急，我看你先回去，我打电话到终点站帮你联系一下，你明天再来领就是了。"

戴度一听明天来领，头摇得像拨浪鼓："同志，不行，出了事我负不起责任。"

老黄看戴度要得这样迫切，猜想他袋里大概还有其他重要东西，不便直言，就对戴度说："这样吧，老伯伯，小林这趟是最后一班车，车子到了终点站他就要下班回家，我给你一个地址，你自己到他家里去拿吧。"戴度一看有地址，毫不犹豫，谢过老黄就朝林光家方向走去。

再说林光，一路上春风得意，想想自己吃吃一个老头子还是笃笃定定，车到终点站，他拎起蛇皮袋，跨上自行车，"嘀铃……铃……"直朝家奔去。奔上二楼，一进家门就喊："阿珍，阿珍，你看我今天带回来啥好东西！"

妻子阿珍正在厨房间忙晚饭，看见丈夫这么高兴，忙走出来问："阿林，这么开心做啥？"

林光把蛇皮袋一拎："这是我弄来的狗腿，我吃下去，包你养一个白白胖胖的大胖儿子！"

阿珍一听，心里好开心："阿林，你先到里间去休息休息，我把这点菜烧好，就给你烧狗腿。"说完，阿珍又回到厨房，忙碌起来。

正忙着，只听门外"砰！砰！砰！"有人敲门，阿珍走过去把门一开，只见门外站着个陌生的老头，满头是汗，气喘吁吁。来者就是戴度，他进门后也不打招呼，只是低着头东张西望乱找，忽然一眼看到靠在墙角的蛇皮袋，顿时精神一振，冲过去一把抓住蛇皮袋说："我的腿，这是我的腿！"

阿珍见一个陌生人进来抢东西，吓得一边拉住蛇皮袋，一边喊："阿林，有强盗，快来啊！"

林光不知道出了什么事，跑出来一看，心里一惊：这个老头子倒厉害的，竟然追到我家里来了。他心一横，抢上一步，拦住戴度说："老头子，你明明拎走了蛇皮袋，为啥还要跑到我家里来？你想出我洋相吗？"他边说边把蛇皮袋朝自己这边用力一拉，只听"啪嗒"一声，从袋口里掉出一条血淋淋的人腿来，阿珍惊叫一声，差点晕了过去。

林光声音也走了调："你……你……"

戴度赶紧关上门，把事情来龙去脉说了一遍，然后背上蛇皮袋就要走。林光一见老头要走，忙喊："老头子，那我……我的狗腿呢？"

戴度回头眨眼一笑："在火葬场，你明天自己去拿好了。"

林光一听："啥？火葬场？啊……"

（黄震良）

（题图：王志伟）

汤阿三和他的四件宝

上海西郊有个劳改工厂，离工厂不远有个小小的村庄，村里有个农民叫汤阿三。汤阿三脑子很灵光，个头却又矮又小，三十出头了，还是光身一人。因此，村里凡有值夜班的任务——诸如春天看竹园，夏天守瓜园，秋天管梨园等等，都由他承担，他便成了名副其实的“值夜班专业户”。

出于工作需要，村里发给他四样东西：一件草绿色军大衣，一个值勤红袖章，一只小闹钟和一架袖珍半导体收音机。每逢值夜班，他就大衣一披，红袖章一套，再把收音机和闹钟往口袋里一塞，走马上任。他前半夜一眼不闭，边听收音机边巡逻，非常认真；后半夜他要眯上几个钟头，养精蓄锐。这时候，闹钟就用上了，他把闹针拨到四点，到时“铃……”一闹，他就醒来，到四处转一圈。

他为啥四点一定要起来呢？原因有两个：第一，有的小偷就趁天亮前人们正好熟睡的时候来偷，这是关键时刻，不能疏忽；第二，村长有个习惯，每天一清早要去镇上喝早茶，经常顺路来看看阿三的工作情况，要是睡觉让他碰上了，肯定要吃批评，弄不好还要扣工钱，这可马虎不得。

闲话少说，言归正传。村里今年种了一批新引进的良种西瓜，这看管西瓜的任务，当然落到了阿三肩上。他在瓜田里待了一个多月，总算没出一点事故。现在瓜已基本卖完，就剩下三个做种的瓜，还得再养几天，必须特别小心地看管。

这天晚上，阿三临睡前喝了两瓶啤酒，所以刚过三点，就被尿憋醒了。他起来放完了尿，瞌睡也跑了，干脆披上大衣，把收音机和闹钟往大衣口袋里一塞，出了瓜棚，提前巡逻。

突然，他听到瓜田里传来“嘶啦嘶啦”的响声，莫非有人偷吃瓜种？他急忙跑过去一看，还好，三只做种的瓜齐崭崭躺在那里，经月亮光一照，格外好看。阿三这才松了口气，随即蹲了下去，用手指弹弹第一只瓜，“嗵嗵嗵”，响声悦耳，是只好瓜；又用手拍拍第二只瓜，“咚咚咚”，响声清脆，差不多该摘了；再敲敲第三只瓜，“笃笃笃”，声响不对，一摸，啊，热乎乎的。

“嗯？这……”阿三还没回过神来，突然，“呼”一下站起一个人来，原来那不是西瓜，是一个剃得刷刷光的人头。阿三这一吓非同小可！那个光头凭着他人高马大有力气，来了个以攻为守，一手掐住阿三的喉咙，一手举起了拳头，恶狠狠地说：“你给我老实点，不然我就送你上西天！”阿三一见他这副样子，心里明白了，这不是普通偷鸡摸狗的毛贼，肯定是从对面劳改工厂里逃出来的犯人。

一点不错，此人正是逃犯！他今年二十七岁，是外地来沪的民工，因犯偷盗、拦路抢劫罪被判八年徒刑，已在劳改工厂过了两年。昨天晚上，他趁卡车装货的机会，躲到车底下，拉住汽车大梁，随车逃了出来，躲进庄稼地里。后来，他感到又饥又渴，就钻到西瓜田里啃起西瓜来了，谁知刚啃了几口，却引来了汤阿三，把他的光头当西瓜敲了。

阿三知道，对付这样一个五大三粗的亡命之徒，自己根本不是他的对手，连忙说："朋友，有话好说，不值得为一只西瓜弄出人命来，请你松松手，有啥要求尽管说。"

逃犯见阿三身材瘦小，料他不敢怎么样，就松了手说："有啥吃的吗？"

"有，有，有面饼。"阿三从口袋里摸出食品袋，给了逃犯。他见逃犯狼吞虎咽吃着面饼，就说："朋友，不是我多嘴，你还是早点走吧，等天一亮，你就走不掉了。"

逃犯一听，这倒是实话，天亮后人多眼杂，自己这副模样，还走得出去吗？这儿离劳改工厂这么近，待下去凶多吉少，眼看天就亮了，这可怎么办呢？看来只有请面前这位仁兄帮忙了。他想到这里，马上叫声"爷叔"，说："实话告诉你，我也是一念之差沦为囚犯的，家里有老有小，你如肯帮我渡过这个难关，我永世不忘你的恩德。"

阿三说："帮忙倒是可以，不过现在都讲实惠，你肯这个……意思意思吗？"

逃犯知道他想捞点外快，急忙摸出10元钱，塞给阿三，说："钱不多，表表心意，请爷叔多多关照。"

阿三笑笑说："帮你脱险可不像吃西瓜，得过五关斩六将，要冒很大的风险，这10元钱，恐怕……"

逃犯急了，双膝跪地，苦苦哀求:“爷叔，我在服刑，实在弄不到钱，等我回到家，一定给你寄500元钱来，再不行，你就到我家去玩一趟，路费我出，另外再付你500元。”他又摸出个信封，“你看，这就是我家的地址。”

阿三接过信封看看，说：“噢，你家在安徽宁国，巧啦，我有个亲戚也在那里。好吧，既然这样，今年春节我去你家找你。”

“好好好，我一定把钱准备好。”

“那就走吧。”

阿三领着逃犯来到公路边上，他对逃犯说：“你在这里等着，我拦辆卡车下来，你等会儿趁我和驾驶员谈话时就往车斗里爬，让车子把你带得远远的就没事啦。”他正说着，见前面开来一辆车，就连忙掏出袖珍收音机，拉出天线，贴在耳朵边，冒充对讲机，人往公路当中一站，挥动套有红袖章的手臂，意思是叫停车检查。

司机一看这架势，以为碰上路检了，不敢冒失，立即刹车停下，接受检查。阿三说：“你超速行驶知道吗？”

司机心想：活见大头鬼了，我开得这样慢，哪会超速，这明明是故意找碴儿嘛。可他知道这“土八路”不好对付，只得说：“对对对，是快了点，我注意就是了。”

“不行，超速行驶，罚款20元。”

司机想：这不是敲竹杠吗？他不愿掏这冤枉钱，就摇摇头说：“我没带钱，请你原谅。”

“没钱？这样吧，你给我带个人，行吗？”

“到哪里？”

“随便，你到哪里，他到哪里。”

“我去安徽呀。”

“对对对，就到安徽。”

“人呢？”

“在你车上啦。”

“那我走啦。”

“走吧，不过我告诉你，前面路况复杂，限速 30 码，超过就得罚款，听见了吗？”说完又对着他那只“对讲机”喊了起来：“2 号，2 号，有一辆卡车，注意它的车速！”

阿三演完了戏，又脱下大衣递给逃犯说：“车上风大，把大衣穿上，不过你得保管好，我要来拿的。”

逃犯接过大衣穿上，感动得眼泪都快流出来了，连说：“谢谢爷叔，你过年一定到我家来，一定要来呀！”

阿三心里暗暗发笑：嘻嘻，你想得倒美，以为我真的在帮你逃跑吗？做梦！我是怕对付不了你才这样做的。过年到你家来，能等到过年吗？要不了 15 分钟，我们就又见面了。原来阿三知道，劳改工厂每天凌晨 3 点 40 分要清点犯人，他们发现少了一个，肯定要四处追捕；到那时，我再协助他们把你抓回来，这就叫“欲擒故纵”，是个计。

果然，卡车开走不到 5 分钟，“呜哇呜哇”来了一辆警车。阿三拦下警车问道：“是捉逃犯吗？”

“对，你看见啦？”

阿三跳上警车说:“在前面一辆卡车上，追！”于是警车加足马力，“呜哇呜哇”地追上去。

足足追了 5 分钟，警车终于冲到卡车前面，并将它截住了。阿三对卡车司机说：“我叫你限速 30 码，你为啥不听？为啥开这么快？哼！”他手一挥说，“逃犯就在车上，搜！”他倒成了指挥官了。

武警们“呼啦啦”将卡车团团包围，谁知到车上一找，却根本不见逃犯的人影。阿三急了，就问卡车司机：“你路上有没有停过？”

“没有，确实没有。”

阿三想了想，问道：“现在几点啦？”

“3点58分。”

“好好好，别急别急，大伙抽支烟，耐心等待，让逃犯考虑考虑，给他个自动投案的机会。我估计，用不了三分钟，他会出来的。”说完竟掏出香烟分了起来。

这可把大家都弄糊涂了，这么紧急的事，他却不慌不忙，那么自信，他葫芦里究竟卖的什么药？有人问他：“你有把握？”

“当然，当然，我了解他。”

时间一秒秒地过去，四周静悄悄的，一点动静也没有。正当武警们着急的时候，突然从卡车底下传来一阵急促的铃声：“嘀铃铃……”

阿三见自己拨过的闹钟响了，便笑笑说：“这不，他打电话来啦。”接着又蹲下身子说，“朋友，你爬到这底下去多难受呀，快出来吧，你逃不掉啦！”逃犯这时才恍然大悟：自己上了人家圈套了，可有啥办法呢？只得乖乖地俯首就擒。

三天后，村里开大会，警民联合为汤阿三庆功。会上，汤阿三讲了他智捉逃犯的经过，最后还说：“我之所以能帮助武警同志捉住逃犯，多亏了村里发给我的那四件宝啊！”

（秦复兴）

（题图：胡国强）

深奥的学问

城郊乡政府要公开招聘10名办事员。通过文化考试，方伟名列第八，理应在聘用之列，不料出榜时却名落孙山。钱乡长讲出几十条理由，方伟虽然不服，但也无可奈何，只有悻悻而归。

方伟的父亲方正中年近花甲，当了三十余年的中学教师，一没权势，二没钞票，唯一可以“自我清高”的就是他曾经当过这个县赵副县长的老师。万般无奈之下，从不求人的他，为了儿子的工作，第一次去求人了。

方老师七寻八问，找到赵副县长的办公室，见屋里人多，便悄悄地站在门外等候，等到屋里只剩两个来访者了，他才轻声走进去，在屋角的椅子上坐下半个屁股。

赵副县长正伏案办公，他手握竹管毛笔，在写一个红函头的公函，

奇骗

有一个老头，拿了几两银子到钱店去换铜钱用。店主看了看，说银子质量不好，不想换；老头却说银子好，非换不可。就为这，两人争吵起来。

正在这时候，从外面走进来一个年轻人，恭恭敬敬地走到老头面前，施了一个礼说："老伯，您在常州做生意的儿子和我在一起做事，他要我带一封信和十两银子交给您，正巧半路在这儿碰上您。"说着，从兜里拿出信和银子交给了老头，转身就告辞了。

老头接过银子，笑得合不拢嘴，拆开信对店主说："我年老眼花，看不清楚，请您帮我念一下这封信！"

店主人接过信一念，写的都是他儿子做生意的见闻和问候的话，只在信的最后说："我托朋友带来十两纹银，您老随便买点想要的东西。"

老头听了喜笑颜开，对店主说："真是好儿子！店家，把那儿两银子还给我，我们不要争什么了。拿我儿子寄来的这十两银子换铜钱，怎么样？"说着就把银子递了过去。

店主忙接过银子，用戥秤一称，有十一两零三钱重。他心想：是不是这老头的儿子忙着写信，没有仔细称？就对老头说："您自己也称一下。"

老头直摇头，说："我不识秤，您说有多少？"

店主一听，心里暗自高兴，故意把秤推到老头面前，说："您看准了，刚好十两。现在的行情是十两银子换九千个铜钱。"说完把九千个铜钱给了老头。老头满脸堆笑，拿着钱走了。

店主多得了一两多银子，正高兴呢，却见一个人走进来说："您受骗了还不知道呢！"

店主看了一眼来人，只见这人长得很凶恶，就不高兴地说："你怎么知道我受了骗？"说着赶紧放回这些银子。

这人接着说："这老头是我的隔壁邻居，他是一个老骗子。他的银子是假的！我看见他到您这儿来换钱就替您担心，可他在这儿我又不好说破。"

店主听他这么一说，赶紧把银子剪开，只见银子里面全是铅胎。店主一看傻了眼，赶忙向这人打听："你说那老头是你的邻居，他住哪儿？你带我去找他吧！"

那人不紧不慢地说："这老头住的地方离这儿几十里，您拿上银子赶紧去追，说不定还能追得上。我可不能带您去，他要是知道是我揭穿了他，非揍我不可！"说完就要走。

店主一看急了，拉住这个人，求他："你带我去吧，到了那儿告诉我他住在哪家，你就走开，他怎么会知道你带我去的呢？”这人仍是不肯，店主只好给他二两银子，那人才带着去找。

他们走到一个酒店旁边，远远地就看见那老头把钱放在酒桌上，正和几个人在那里喝酒。那人用手一指，说：“那不是？您快去抓他，我得走了。”

店主怒气冲冲地走进酒店，揪住那个老头就打，边打边说：“你居然敢来骗我，拿十两假银子换我九千铜钱。”旁边喝酒的人一听，赶忙劝住，问是怎么回事。

老头整整衣服，不慌不忙地说：“我用我儿子寄来的十两银子去换钱，根本不是什么假银子。你既然说我用的是假银子，拿出来看看！”

店主见老头狡辩，就拿出剪碎的铅胎银给大家看。老头笑着说：“这根本不是我的银子。我只给了你十两银子，换了九千铜钱，你这些假银子恐怕不止十两吧？不要来骗我。”

酒店里的人一听，赶紧拿戥秤一称，果然是十一两零三钱。和老头喝酒的那伙人都十分恼火，围上来责问店主：“你这假银子根本不是他的，你想讹诈是不是？”

店主一看慌了手脚，结结巴巴地说：“这、这……”这些人见店主回答不上来，围上去痛打了他一顿。

店主因为贪便宜，中了老头的奸计，被骗了十几两银子还挨了打，只好悔恨交加地回家了。

（搜集整理：杨晓儿）

（题图：蔡解强）

攒钱

小马拿着一条香烟刚进门，妻子就又唠叨了："好你个大烟筒，又买上了！"

小马说："你看，人情往来，求人办事喝酒打牌，少了这东西，实在不行啊！"

妻子说："你算了吧！什么不行？如果法律规定吸烟者犯死罪，保证你就没瘾了。"

小马举起那条香烟笑了笑，说："那好啊！你要能在法律上给咱加上这一条，我就不吸了。"

妻子无可奈何地说："哼，吸吧！天生是个败家子。"

从这以后，小马的烟瘾越来越大，所吸的烟质量也越来越高。平日里，他宁可紧缩正当开支，也不能少抽一根烟。

时近腊月中旬，家家都忙于置办年货。小马早就想买件皮大衣排场排场，到市场转了一圈，终于看中了一件，他气喘吁吁地跑回家，迫不及待地对妻子说："快快，皮大衣来了，皮大衣来了。"

妻子不解地问："什么皮大衣来了？"

小马着急地说："市场上来了皮大衣，快拿钱来！"

妻子说："钱早就花光了，拿啥买呢？"

小马这下可火了，一拍桌子训斥道："你这个内当家是怎么当的？花钱就没有个计划？今年买不上皮大衣，难道明年正月走亲戚拜年，还穿那件南征北战退下来的古董货？"

妻子也不示弱，指着小马的脑门说："你冲我发什么火？我有计划没计划，能顶住你不听话？我不让你吸烟，都快磨破嘴皮了，你就是不听。"

"这是扯淡。"一听她提吸烟的事，小马的火气更大了，颤抖着从口袋里掏出那半盒烟来，摔到桌子上说，"难道我吸烟能吸掉一件皮大衣？"

妻子不愿打牙费嘴，拿出来一个木盒让小马看。小马十分纳闷地打开一看，立刻转怒为喜，急切地问："哪来这么多钱？"

妻子说："这是我一毛一分攒下的。你每天吸一次烟，我就记一次账。你全年吸烟花了多少钱，我就在木盒里放了多少钱。"

小马急忙取出那叠钱来点了点数，有零有整，总共一千一百二十四块五角钱；另外，在一张发黄的硬纸片上，密密麻麻地写着哪年哪月哪日买什么烟，花多少钱，都记得清清楚楚。小马看着这些钱，心里暗想：果真是账怕细算啊！他不好意思地抬起头来，满脸堆笑地对妻子"嘿嘿"了几声，拿上钱迅速朝商店跑去。

不一会儿，皮大衣买来了，小马既感激又奉承地对妻子说："你真是天底下最会攒钱的好老婆。如果没有你，肯定没有这件皮大衣。"

妻子趁热打铁地问："你今后还吸烟不？"

小马忙持立正姿势，坚定地说："我今晚向你发誓，从明年正月初一开始，我正式和烟断绝关系，攒钱！"

第二年，小马的确不吸烟了，一心想把吸烟的钱省下来，添置一台放像机。

日月如梭，转眼又是腊月。一天，小马在交电公司看中了一台放像机，忙回家拿出那个小木盒来取钱，结果打开一看是空的，不由惊讶地追问妻子："怎么，你一分钱也没攒？"

妻子若有所悟地说："哎呀！你今年不吸烟了，我也就忘记攒钱了！"

小马一听火了，逼住她问："那我省下来的烟钱哪儿去了？"

妻子说："你问我，我问谁去？"

小马把那个小木盒一摔，气呼呼地说："照这么说，还是我多吸烟，你才能多攒钱？那好，从明年正月初一起，我就开始吸烟。"

（韩宏喜）

（题图：施其畏）

新娘『鬼附身』

世上本无鬼，哪来鬼附身？可偏偏有那么一个新娘，众目睽睽之下，演出了一场鬼魂附身的好戏，把所有的人惊得目瞪口呆，还将鬼的儿子整治得服服帖帖，你说怪不怪？

西山村有个后生叫狗栓，狗栓家里穷，三十几岁才娶了个小寡妇。小寡妇是三十里外的东乡人，病秧子，一张脸黄腊腊的。大喜的日子，太阳穴上还贴着片风湿膏。

吃喜酒的这天，大家正嬉闹着，没想到小寡妇“扑通”一声倒在地上，口吐白沫，不停地喊着：“西娃，西娃——”

西娃是村主任，大名叫张庆西。论官职，是村里的二把手；论钱财，是村里的首富。西娃这个乳名，除了他娘在世，这些年别人是不敢喊的。

狗栓怕新媳妇喊出麻烦，忙找来邻居十三奶。

十三奶是村上的老寿星，神神道道的，据说会治邪病。她一来就喝住了众人："别闹，这是西娃娘在喊西娃哩！"

小寡妇是西娃的娘？那狗栓不成了张主任的爹了吗！人们忍不住要笑，十三奶严肃地说："笑啥？你们听听这声音！"

众人细听，小寡妇的声音竟与西娃娘的声音一模一样！西娃娘去世才七天，那音容笑貌谁能忘记？一时全场肃静，谁也不敢胡言乱语了。

十三奶说："这是鬼附身呀，快去叫张主任！"

她话音一落，就有好几个人奔了出去。当然这里面有人为了讨好，也有人想看笑话，看张主任怎么对付这场面。

张主任很快来了，一张驴脸拉得老长，恨不得踹小寡妇两脚。

小寡妇闭着眼，只管声声高叫："西娃——"

十三奶瞪了西娃一眼："你娘回来了，还不快答应！"

村里还没通电，屋里只点了些蜡烛。本来光线就不强，十三奶又点了香，燃了火纸，弄得烟雾弥漫，颇有些鬼魂游动的阴森气氛。张主任迟疑了一阵，仔细听还真是娘的声音，无可奈何地应道："娘，我来了。"

小寡妇说："西娃，你听我说。"

张主任被镇住了，因为娘在世时有句口头禅：你听我说。这时，他不由自主地蹲下来，像娘活着时那样："娘，我听着哩。"

小寡妇说："初七你舅家表妹出嫁，别忘了送份厚礼。当初咱们孤儿寡母的，你舅没少帮助咱。"

人们面面相觑，满脸惊诧。张家的家史大家都知道，当年如果没有他舅家的扶持，西娃不一定能长大成人。要说这小寡妇是信口开河，她怎么会知道这些陈谷子烂芝麻？更何况她是三十里外的东乡人，在这之前从未来过这里。你说是狗栓相亲时告诉小寡妇的吧，显然不合情理。一是相亲时不会说这些，二是狗栓胆小怕事，也不敢传播张主任家的陈年旧事。看来这鬼附身还不由人不信，人们屏气息声，静听死人与活人的对话。

西娃点点头："是，是，是要送份厚礼。"

小寡妇说："你听我说，村西头刘武家为要二胎准生证，你收人家两千块钱。那钱，不能要！"

西娃看看刘武也在场，脸红了白，白了红，磨蹭了好大一阵才答应："退。"

小寡妇还说："年初给村里买棉花种子，你拿了那一万元的回扣，也要退。那钱是大家的。"

西娃一头冷汗，脸色灰灰的。这两件事都是真的，娘生前多次劝他退钱，他都没当一回事，现在被当众揭出来，那就只有退了。他又惊又怕地盯着小寡妇，不知道娘还要借她的嘴，说出什么不可告人的事来。

小寡妇又说:"西娃,你听我说。娘亲眼看见的,就这么多。没看见的,恐怕还有。记着，用黑心钱是要遭报应的，你听见了吗？"

西娃长出一口气："我听着哩。"

小寡妇这才闭了嘴，呼吸渐渐平稳，像睡熟了一样，再没开口。

十三奶说："西娃，你妈走了。"

西娃当夜就去娘的坟前放了一挂鞭炮，第二天，就把不该得的钱退了出去。

过了一阵子，反贪反腐斗争开始，西娃因为提前退了赃，保住了乌纱帽。村里另一个干部，却因为经济问题进了班房。人们都说西娃的娘有眼光，死了还保佑儿子平安。

西娃感激娘的指点，也感激小寡妇，就掂了礼品去狗栓家表示谢意。

小寡妇已治好了病，心情愉快，人也变开朗了。她听西娃说明来意，就笑得直不起腰。原来，西娃娘病重住院时，小寡妇也住过几天医院，就住在西娃娘隔壁病房里。在一次闲谈中西娃娘得知她是狗栓的未婚妻，就拿出两百元钱，请求她弄一次鬼附身，挽救儿子免栽跟头。小寡妇被老人的母爱深深打动了，她没要老人的钱，却把事情答应了下来。好在她早年在业余剧团干过，有模仿和表演能力，就在大喜的日子里演了一次鬼附身。

小寡妇介绍了鬼附身的真相，开玩笑说："张主任，让你喊了我几声娘，怪不好意思。"狗栓早吓白了脸，心想，这下糟了，跟张主任开这天大的玩笑，他能饶了自己？

不料西娃一点儿也没恼火，反而郑重其事地说："没关系，没关系。谁教俺重新做人，谁就是俺的娘！"

（曲范杰）

（题图：施其畏）

仍然烦恼

有两个愁眉苦脸的人在酒吧里碰面了，因为同病相怜，两个人便在一起借酒浇愁，并互相向对方倾诉自己的烦恼事。

一个说："我是一家建筑公司的老板。为了承包一项建筑工程，我已经向主管工程的局长送了10万块钱的礼，可到现在这位局长还没答应将这项工程给我。"另一个说："我是一个电子专家，我花了三年的时间，研制出一种能让别人受控于我的仪器，但却找不到对象来实验。"

建筑老板有些不相信，只听说人能控制仪器，哪里听说仪器能控制人的？电子专家便拿出一个带显示屏的遥控器和一个米粒大小的金属片，解释说："这'小米粒'是一个高智能机器人，只要让人将它吞进肚子里，我就可以通过遥控器向它发出指令，它就会碰撞人的胃壁，使人肚子疼。对方要想肚子不疼，就得听命于我。你看过《西游记》吗？这跟孙悟空向铁扇公主借芭蕉扇道理是一样的，我曾经将它放在一只非常凶狠的大狼狗身上实验过，结果那只大狼狗被我折腾得服服帖帖的，现在就差在人身上做实验了，唉，只可惜找不到合适的人选。"

"找得到！"建筑老板听着听着便兴奋起来，"我们可以找那个管工程的局长做实验！专家先生，这样一来，我可以让局长乖乖地将工程交给我，你呢，又找到了实验对象，我们的烦恼就都没有了。"

"对呀！"电子专家想了想，也兴奋起来，"这倒真是个好主意！不过，局长他会来吗？"

"没问题，局长平时就爱吃，一请准到！"

第二天，两人设宴请局长吃饭。他俩将"小米粒"藏在菜里，"孝敬"给了局长。眼瞧着局长将菜吃下去了，两个人兴奋不已，立即去了洗手间。

一进洗手间，建筑老板就迫不及待地叫起来："快发指令吧，让小米粒蹦达起来！这王八蛋再不将工程给我，我就要让他活活痛死！"

电子专家拿出遥控器，发出了指令。两个人从洗手间里偷偷地将头探出来，想看看局长痛苦的表情，但遗憾的是，局长仍坐在餐桌旁狼吞虎咽地大吃大嚼，吃得脑门子冒油，什么痛苦的表情也没有。

建筑老板回过头，用怀疑的目光看着电子专家。

"怎么会呢？我在狼狗身上实验，效果不是很好吗？"电子专家疑惑地去看遥控器，只见显示屏上出现了一行字，那是"小米粒"发回的信息："此公胃口太大，尚未找到胃壁。现仍在探寻中，请等待……"

（方冠晴）

（题图：李　加）

虎口余生

王大明是动物园里专门负责喂老虎的饲养员，这天下午快下班的时候，花房的老刘带着一瓶烧酒、半斤花生米来找他，两个人云来雾去地一边神侃，一边喝酒，当一瓶酒快要见底的时候，王大明猛地想起今儿还没有喂老虎，连忙给大刘打个招呼，立起身，前去饲养室拿肉。

拿来肉，王大明便用袋子提着，像往常一样打开老虎舍的第一道门，接着朝第二道门走去，突然，他看到自己喂了六七年的老虎"芳芳"正瞪着灯笼般大的眼睛，站在自己的面前！

原来，这虎舍共有两道门，进去第一道门后是一个两米宽、十米长的过道，然后又是第二道门。平时，王大明在喂老虎前，总是先看看老虎的位置，如果老虎在第一道门到第二道门的中间，那就先用竹竿挑一小块肉，将老虎引到一边，然后，在笼外将第二道门插上后，再进去喂老虎。谁想今天王大明多喝了两盅，没看老虎的位置便贸然进去了。

看着老虎瞪大眼睛盯着自己，王大明一下子呆住了，酒也给吓醒了，他缓缓地转过身，想慢慢走出虎舍，可刚迈了一步，老虎的前爪“啪”地搭在了他的肩上，口中呼出的热气直往王大明的脖子里钻。

王大明的身体一下子僵在那里：跑吧，肯定跑不掉；叫吧，又怕激怒了老虎。他只好带着颤声，轻轻喊着老虎的名字：“芳芳，下来，芳芳……”但老虎根本不吃这一套，仍保持刚才的姿势一动不动。

这时，大刘出来解手，看到虎舍中的这一幕，也惊出了一身冷汗。大刘平时也帮王大明喂过老虎，他二话没说，赶忙前往饲养室，想拿一块肉引开老虎，但到饲养室一看却傻了眼：里边一块肉也没有！

这下大刘没了办法。透过铁栏他看到里面的王大明，此时已是满头大汗，浑身发抖。大刘为了不惊动老虎，蹑手蹑脚地离开了虎舍后，立刻去找动物园园长汇报。

园长一听，头皮一麻，抓起电话就找管麻醉枪的老赵，谁想老赵已下班回家了，往他家打电话又没人接，麻醉枪被老赵牢牢地锁在了保险柜里，更糟糕的是，钥匙只有老赵一个人有。园长一脸苍白地望了望大刘，那眼神分明是在告诉大刘：悲剧是不可避免的了！

万般无奈之下，园长拨通了120急救电话，急救中心的人说五分钟后将赶到。打罢电话，园长与大刘躲在一边，焦急地看着虎舍里的动向。

此时，王大明与老虎已僵持了近十五分钟，双方一直保持着十五分钟前的姿势。不同的是，此时王大明的脸色发白，身体抖动得更加厉害。

突然，躲在一旁的园长和大刘惊呼起来，原来，王大明支撑不住，软绵绵地倒在地上了！只见老虎一愣神，低吼一声，张开大口，猛地朝王大明的右手咬去……

园长和大刘吓得捂住眼睛不敢看，谁想他俩却没有听到想象中的惨叫声，睁眼一看：原来，吓呆了的王大明一直拎着装有虎食的袋子没松手，老虎是在惦记自己的口粮啊！

园长和大刘这才呼出一口气，他们想等老虎衔走肉后，再去救王大明。说来也怪，以往老虎都是衔着食物躲到一边吃，可今天却偏偏不肯挪位，在王大明身边有滋有味地吃开了。

这时，急救中心的人也来了，他们和园长一起焦急地等着老虎离去。

终于，老虎吃完了袋里的肉，可它接下来的举动却让外面的人把心提到了嗓子眼儿。老虎在王大明的身上嗅来嗅去，没有一点想离去的迹象。不一会儿，老虎又张开了大口，“呼”的一声，在王大明的腰部咬下一大块肉，慢悠悠地越过第二道门，往虎笼里去了。

完了，这下王大明的小命儿怕是保不住了！

等大刘冲上去将第二道门关上后，急救中心的人七手八脚地将王大明抬了出来，不过王大明的身上居然没有一丝血迹！

大伙儿正纳闷呢，王大明自己醒来了。大伙儿围着他，指着他腰间被老虎咬破的衣服上的大洞，不停地追问，王大明这才红着脸向大家解释。原来他今天从虎食中留下了一大块儿肉，准备带回家自己“享用”，幸亏老虎不贪，叼走的是它自己的口粮。

原来如此！王大明不好意思地对园长说：“我以后再也不敢偷吃虎食了！”

（赵希峰）

（题图：黄全昌）

租树坑

有个人叫老关，在机关工作了一辈子，退休后回到故乡。他没啥兴趣爱好，在家呆久了，觉得闷得慌，就找到本家侄子，要替他到后山栽树。

到底是自家侄子，当即爽快地答应了。老关兴致勃勃地扛着铁锨进了后山，一直到太阳正午才下来。侄子问栽了几棵，老关说：“一棵也没栽。”

“那您一上午在山上干啥呢？”

老关说：“找树坑啊。”

原来他年年陪领导在摄像机镜头前栽树，都是往现成的树坑里扔两锨土。现在镜头没有了，连坑也找不着。

这事很快传了出去，正巧村里刚卖掉不少大树，留下许多树坑。于是村里人就和老关开玩笑：“听说您到处找树坑，俺那儿有俩。”

一个人这样说，两个人这样说，说来说去，老关的脸上挂不住了。他一生气，心说龙是龙鳖是鳖，喇叭是铜锅是铁，我再怎么着，也得比你们高明一点儿。于是谁再问，他就说："是啊，把你那俩坑租给我吧，为期一年，租金两块。"

村民们再穷，倒也不在乎这两块钱，可是大家想不透他租树坑干什么。栽树苗吗？一棵树苗还卖不到两块呢。养鱼这坑也太小了点儿，再说还漏水。于是大家都租给他，看他用来干什么。

老关租下坑，既不养鱼，也不种树，只是从山上割了些荆棘摞在坑旁，不让人畜靠近，别的什么都没干。他自己还是一天三晌端着茶杯坐在树下，唠嗑下棋。

一年过后，坑壁上截断的树根发出了一些枝条，抽出一些嫩叶，其他什么也没变。这些枝条连五毛钱都不值。眼看租期将完，村民们的好奇心越来越大，全方位盯着老关的一举一动。可是老关还是一天三晌端着茶杯坐在树下，唠嗑下棋，没什么异常举动。

终于从菜贩小坤那里传来了消息，老关开始行动了！他要小坤每天从城里卖菜回来，先到他那儿领一块钱。

于是村民们就候在门外，等小坤出来打听老关都问了些什么。小坤说老关什么也没问，就看了看他，给他一块钱让他走人。

第二天如此，第三天如此，第四天还如此。第五天老关给了他一块钱，还多了一句话："明天你不用来了。"

然后老关让侄子拉开荆棘，把每个坑里的枝条全部割下，立刻拉到城里东风路 74 号门前吆喝，少三千不卖。

这玩意儿也能卖？还指定地点，规定价钱？有两个小伙子止不住好奇，跟着去了。

结果连去带来，也就两个小时，据那两个同去的小伙子说，东风路74号是市绿化管理处，他们到那儿吆喝了没十分钟，里面的人就跑出来，三千块价也没还就全要了。

村民们一算，租这百来个树坑，连上给小坤的五块钱，也还不到二百五，乖乖，净赚了两千七！咱们一家人披星戴月累死累活干两年也就挣这些钱呢。

于是大家蜂拥去找老关，问他葫芦里到底卖的什么药。老关笑笑说：“每年四月份上级都要来检查绿化情况，可是大树新栽，就算活了，最早也得五月份发芽。这些枝条呀，是专门卖给他们钉在树上迎接检查的。”

村民们听得一愣一愣的，还有这事？他们又问：“可是你怎么知道上级哪天来？”

“春江水暖鸭先知，上级要来清洁工先知，他们一定会提前两天打扫卫生，净水洒街。咱们小坤每天进城卖菜，我只需看看小坤身上灰尘多少，就知道上级要不要来。”

村民们终于服了，老关就是高呀！

这下，老关成了红人，村里厂里争着聘他，最后让镇里给抢去了。抢去干什么？专门对付官僚呗。

（张东兴）

（题图：张　恢）

二手时代好疯狂

这是个信息交流异常疯狂的年代，二手交易也蓬勃发展起来：二手房、二手车、二手电脑、二手书籍，甚至还有二手宠物、二手牌照、二手游戏账号、二手预订席位，反正在二手交易市场，只有你想不到的，没有你看不到的。

张双弓就是做二手生意发家致富的，他这么多年一直很“二”：在家排行老二，得奖始终是第二,二年级骑二轮车时，还被二踢脚炸伤了二头肌。他当过二房东，唱过二人转，做过二流子，甚至还“二进宫”。后来张双弓浪子回头了，开始倒腾二手家用电器，从冰箱、热水器到空调、洗衣机，他的业务无所不包。俗话说:“无商不奸。”二手家电一翻新，谁也看不出好坏。就这样，张双弓的腰包和肚皮像吹了气一样鼓了起来。

这天，对张双弓来说是个大日子，他决定向一个女孩求婚。女孩叫柳若水，通过几个月的考察，完全符合张双弓“温柔似水、清纯如水”的择偶标准：她是从外地来的，感情经历几乎是一片空白，没有男朋友，也没有复杂的社会关系。于是，张双弓向一个做珠宝生意的朋友定制了一款求婚用的钻戒，戒指的环内还刻上了两个人姓氏的拼音字母缩写：Z&L。

这天傍晚五点的时候，张双弓已经梳洗打扮完毕，他的头发梳得油光锃亮，穿上了早已准备好的新衣服：一套名牌西服，这也是一个做服装生意的朋友帮他购置的。这套名贵的西装穿在张双弓的五短身材上，还真有点化腐朽为神奇的功效。

张双弓开着车，激动万分地接到了柳若水。他原本想找个浪漫高雅的西餐厅和柳若水共进晚餐，他也已经预订了雅座，没想到柳若水说口中寡淡无味，闹着要去吃“刘大妈川味火锅”。张双弓拗不过她，今天是个好日子，他可不想坏了她的兴致，于是，张双弓便带着柳若水来到了刘大妈火锅店。

两人以前常去这家火锅店，那里生意火爆，常常需要等台。果不其然，到了那里，服务员先是把他们引到等候区坐下，又发给了他们一个号码牌。张双弓看了一下号码，78号，心里顿时七上八下了，他问了服务员，前面还有十八位等台的客人，张双弓灵机一动，走到几个学生模样的人旁边，瞄了一眼他们手中的号码牌，66号，他心里立刻有了主意。凭着三寸不烂之舌，几分钟后，张双弓便得意地将手中的牌子换成了66号，当然，他付了100元的转让费。

很快，张双弓便和柳若水坐上了位子，突然，他觉得心里有些疙疙瘩瘩的，这个位子是别人转让的，这不是成了二手的？在今天这样一个特殊的日子，这让张双弓很是不爽。不过，他还是很快忘了这茬，热气腾腾的火锅翻滚起来，两人吃得不亦乐乎。

一会儿，张双弓开始脱衣服，突然，他在衣角里摸到了一个硬硬的东西，他忍不住去掏，竟然发现这衣服口袋的衬里破了，那个硬硬的东西正是从这个破洞里钻到了衣角。这硬硬的玩意儿是什么呢？掏出来一看，那是一张小小的卡片，卡片上写着姓名、颜色、款式、品牌、日期和洗涤方式，简单地说，这是一张洗衣卡。不知道这卡是如何阴差阳错地进入了衣服的里层，但可以肯定的是，这件衣服不是新的，别人曾经穿过，而且拿到洗衣店洗过。张双弓顿时觉得脑子里像烧开的锅底一样沸腾起来：二手货！

张双弓火冒三丈，这可是五万块钱一套的名牌西装啊，他恨不得立刻把那个做服装生意的朋友打成生活不能自理，但是现在，终身大事要紧，张双弓衣服也不穿了，夹在腋下，拉着柳若水就走。

为了给柳若水一个意外的惊喜，张双弓对求婚一事高度保密，他准备把柳若水带到菲蒙妮酒店的观光天台，打算在这座城市的最高处，跪在霓虹闪烁、晚风习习的星空下，向自己心爱的女人求婚。

张双弓开着车把柳若水带到了菲蒙妮酒店，柳若水的脸一下子红了："弓哥哥，我们来酒店干吗？你还是送我回家吧！"

张双弓看着柳若水娇羞的表情，心里乐开了花："不要紧张，我带你到天台看看夜景吧。"

两人坐了观光电梯，在流光溢彩的夜色里，一路到了观光天台。观光天台一半是露天的，摆放着几张时尚的桌椅，几个小资情调十足的年轻人正坐在那里喝酒、聊天。

张双弓早已预订了一个桌子，他把柳若水带到那里，点了两杯饮料，漫不经心地聊了几句，接下来的重头戏是这样设计的：张双弓会忽然跪下来，献上戒指，然后酒店的服务生会在四周点燃冷焰火，乐队也会奏响乐曲，这一刻，相信柳若水一定会激动不已……

张双弓想到这里，心里汹涌澎湃起来，他刚拉开椅子准备单膝跪地，忽然觉得肚子里“叽里咕噜”的，也“汹涌澎湃”起来，他没想到偏偏会在这个节骨眼上闹肚子。他强忍着肚子的不舒服，从口袋中掏出首饰盒，轻轻打开盒盖，那里面正平卧着一枚晶莹璀璨的钻戒。

柳若水瞪大眼睛看着张双弓，脸上写满了惊喜的表情。这时，只见张双弓嘴上说“嫁给我好吗”，表情却是龇牙咧嘴、痛苦异常。柳若水不知道张双弓葫芦里卖的什么药，她还没来得及有任何反应，只见张双弓把戒指往她手里一塞，拔腿就跑了……

服务生在四周点燃了绚烂多彩的焰火，乐队的演奏也适时响了起来，而这个时候张双弓却逃离了天台，甚至没来得及解释原因。他不跑不行啊，再不跑裤子里就要稀里哗啦了！

现场只留下了柳若水，她惶恐又尴尬地站在那里。原本一出浪漫的求婚却变成了难堪的闹剧，几个旁观的人终于把持不住，笑出声来。

等到张双弓解决了内急，一身轻松地重新来到天台，他抓瞎了：柳若水不见了，只在桌上留下了那枚戒指。张双弓一问旁边的人，说是柳若水早已捂着脸跑了。张双弓连忙给她打电话，不接；再打，还是不接，他第十八次拨通电话时，柳若水直接关机了。张双弓找到柳若水的住处，也是铁将军把门。

张双弓这一夜又闹肚子又闹心，第二天，依然没有柳若水的消息。不过，他在报纸上看到了一则消息：刘大妈火锅店后堂人员自曝黑幕，说是他们店使用回收的火锅红油重新做成锅底卖给顾客。看到这里，张双弓终于明白昨夜自己为什么会在关键时候闹肚子，没想到吃了这二手的火锅油，以致他的终身幸福毁于一旦。他愤怒到了极点，正准备去找做服装生意的朋友和火锅店老板算账，忽然意外地收到了柳若水的短信息："你不喜欢我也就罢了，可你为什么要羞辱我？"

张双弓心里大喊冤枉，我哪里会"羞辱"你啊？他打电话给柳若水，这回倒是通了，他赶紧想解释一番，话刚讲了半句，却听见柳若水冷冷地说："你不用装蒜了，你向我求婚，拿的却是我前夫送我的戒指，你这是什么意思？我对那段短暂的婚姻很失望，所以从来没提起过，你以前只是问我有没有男朋友，也没问过我的婚史啊！"

什么？前夫送的戒指？天哪，张双弓的脑子"轰"的一声炸开了，他疯了似的跑到做珠宝生意的朋友那里，把戒指扔在柜台上，怒声喝道："这到底是怎么回事？"

那朋友捡起戒指，端详了一下："多漂亮的戒指，没什么问题啊！"

张双弓一拳砸在柜台上，吼道："你装什么蒜？我拿着这枚戒指向我女朋友求婚，她居然说是她前夫送的！"

朋友一下蒙了，呆了半晌，才吞吞吐吐地说："老张，真是对不住，这事是我错了。这戒指确实不是新的，是一个姓赵的小子典给我的，上面还刻着 Z&L 的字母。我看这戒指成色不错，正好你订的戒指要求刻相同的字母，所以清洗抛光后就卖给你了。我怎么会想到这小子居然是你女朋友的前夫啊，你不是说你女朋友清纯得很，连个男朋友都没有吗？"

张双弓火更大了："这关你屁事啊？"

朋友赔着笑说："老张，你先消消火，都是我的错。要怪就怪我回收首饰的价格是全城最高的，所以姓赵的那小子就卖到我这里了，而且你们姓氏的第一个字母都是 Z，这事真是太巧了……”

张双弓差点岔气：“你卖翻新的戒指给我还有理啊？”

朋友继续笑着说：“你看你不也是把二手货当新货卖嘛，再说，这也不完全是坏事呀，你想想，最起码这戒指让你发现你女朋友是个二婚头了！”

张双弓没有力气再争吵了，他简直崩溃了，特意订制的戒指居然是二手的，苦心寻觅的女人居然也是结过婚的！张双弓浑浑噩噩地离开了珠宝店，心里不住地喊道：我这是造了什么孽啊，所有二手的东西都和我有仇吗？

三年后，张双弓依然做着二手生意。这三年里发生了许多神奇的事：张双弓因为一起交通事故失去了两只眼睛，他在黑暗里生活了一年时间，然后又获得了一次宝贵的眼角膜捐赠，他现在那只重见光明的眼睛也是二手的。正是这次捐赠让张双弓有了顿悟：二手的东西不是拿来坑人的，而是要让它合理地发挥最大的价值。从此以后，他的二手生意做得风生水起，他卖的电器价格公道、质量上乘，赢得众人称道。

（梅永远）

（题图：张恩卫）

善良无敌

爬来的妹子

在市郊公路边有一家小饭店，店主叫路不平，人长得白白净净的，就是腿跛。路不平这人挺怪的，他腿跛吧，还把店里每一双筷子都弄成一长一短，把每一张椅子腿都弄得长短不齐，把每只碗碟都弄有缺口，还给自己的小店起了个怪名字，叫守缺小屋。

但他为人诚实本分，饭菜烧得清爽实惠，那些靠工资卖力气吃饭的，宁愿绕点路，也要到他的小店里来吃饭。而那些吃惯了山珍海味，又不掏钱的主儿们，则对小店不屑一顾，路不平既赚不到他们的大钱，也不会被他们白吃白喝，因此他的收入如江南梅雨，不大，但点滴入地，渐渐地积攒起了一些钱。于是，他就想找个媳妇，使日子过得更有劲头，店里也好有个帮手。但他的择偶标准也挺有意思，敲锣打鼓地要找“三心牌”的，哪三心呢？干起活来省心，别人看了恶心，搁在家里放心。

这天深夜，外面下着面条般的大雨，睡梦中的路不平突然听到有人敲门。他忙披衣起来，并不开灯，悄悄摸了把菜刀攥在手里，然后从门缝中往外看，但黑灯瞎火的，根本看不到人。侧耳听听，敲门声还在继续，于是他稳稳神，深吸了一口气，猛地打开了门。地上有个黑影，路不平伸手拉亮了路灯，只见一个姑娘趴在地上，头发湿漉漉地贴在脸上，一身血水，把身边的水洼都染成了暗红色。路不平吓了一跳，急忙问道：“怎么回事？”

姑娘操着浓浓的四川口音说：“我是被人拐来的，路上跳车逃跑时摔伤了腿。麻烦大哥救我一救，我会报答你的。”

路不平探头朝路两端张望了一下，见雨很大，天黑沉沉的，不见一个人影，他又借着灯光，仔细地看了看姑娘的脸，然后一声不吭地伸手抄在她腋下，把她拖到马路边撂下，扭身回店，“咣”地把门关上了。

姑娘好像对见死不救的人见得多了，所以对路不平的举动丝毫没表现出意外和愤怒，她一声没吭，只是绝望地趴在泥水里。

过不多时，一辆面包车急驰而来，到了姑娘跟前停下，接着从车上下来两个抬着担架的护士，架起姑娘就往车上送。

这时路不平又从屋里出来，塞给那姑娘一叠钱，说道：“别再来了，啊。”说完转身进屋，关上了门。

姑娘拿着那叠钱，只说了一句：“你……”

原来，路不平一看姑娘人长得太漂亮，就不敢把她拖回店里，他觉得姑娘一身泥水，总得给她洗洗擦擦吧？黑夜之中孤男寡女的，处理起来多有不便。因此他就把她拖回路边，回屋后打电话叫了辆救护车，把她送医院处理。他想到姑娘是被拐来的，身上一定没钱，犹豫再三，终于咬咬牙，给了她一千块钱，让她治伤。

路不平拍拍手回到床上，觉得自己做了件好事，虽然有点心疼钱，但心里还是挺高兴的。他想，要是姑娘长得丑点，他就会不断地拿着鲜花水果到医院去看望看望，可是她长得太漂亮了，这样的女人咱惹不起，看望什么的就免了吧。

谁知第二天，路不平的小店刚开门，那姑娘脚上打着石膏，坐了出租车又回来了。而且经过梳洗打扮，她比昨晚更漂亮，更加清秀逼人。连一向不敢正眼看漂亮女人的路不平，也觉眼前一亮，暗自心动。但理智马上告诉他，这样的女人就像一件稀世珍宝，普通人拥有它只会招来祸端。所以他表情冷淡地问："你怎么又回来了？"

姑娘说："我听说住院花的钱，每天吃药打针加上这费那费要八十多，我不想把好好的钞票扔在医院里。我想在你这里养伤，这样你既做了好事，花的成本又小得多。等我伤好了给你打工，还了你的钱，我再挣点路费回家，要不要得？"

路不平心说：要不得！你这么漂亮的人在我店里，要不了几天准有流氓来滋事。但这话他说不出口，只好说："小姐，你被人拐来，你家里人不急吗？不如你先打个电话回去？"

姑娘说："我不叫小姐，我叫幺妹。我家也没电话。他们晓得我出来打工，也不会急。"说着，不管路不平乐不乐意，就指挥出租车司机从车里往店里搬东西，什么太空被、化妆品、牙刷牙膏洗脸盆，生活用品一应俱全，最后竟然还有一张行军床。路不平见事情到了这个份儿上，真是豆腐掉到灰窝里——吹也吹不得，打也打不得，也只得如此了。

路不平的小店只有一间里屋，平时兼作仓库和卧室，现在这女子硬要住进来，路不平怕男女同处一室，会惹来麻烦。所以他把自己的铺盖一卷，搬到邻居刘腰儿的店里。

这幺妹还真勤快，不等脚伤好，就要上班。路不平学着四川腔笑问："你会干啥子？"

幺妹二话不说，小围裙一系，抄起菜案上的刀"啪啪啪"一剁，嘿，那娴熟的刀法把路不平都给震住了。路不平吃惊地瞪大了眼睛，问："你原来就是干这个的？"

幺妹笑道："哪里，我以前在家里剁猪草。"

飞来的乱子

幺妹虽然是剁猪草出身，川菜还是烧得蛮好的，所以路不平的小店里又添了几个新品种，像酸菜鱼，麻辣豆腐什么的。加上幺妹人漂亮，性格泼辣，手脚利索，小店的生意眼瞅着一天天好起来。幺妹瞧在眼里，笑哈哈地说："路老板哪，看不出你平时赖模憨样的，板眼还不少嘛，质量向上，眼睛向下，这法子硬是要得！要是把我们的小店迁到闹市，我再把我们家乡的小姊妹带来几个……"

路不平紧皱眉头打断了她的话："得得得。你要搞搞清楚，这是我的小店，不是我们的小店！你少吃点咸萝卜淡操份心，那脚兴许就好得快点儿。等脚伤好了赶紧给我走人，省得我整天提……"路不平把"提心吊胆"说到嗓子眼儿又噎了回去。

几天后，路不平见幺妹的脚伤一好，就立刻给幺妹开工资，要她快走。幺妹又是软语央求又是撒泼耍赖，路不平硬是不改口。幺妹火了，把围裙扯下来使劲儿一摔，说："我晓得你那死脑壳里想的啥子：红颜祸水。你是怕我给你带来麻烦是不是？好，我走！哼！还算个男人哩！我都不怕，你怕什么。"她钱也没拿，进了里屋乒乒乓乓收拾东西去了。

路不平坐在店堂里，心烦意乱地拖过菜筐拣菠菜。拣了没两把，扭头看看幺妹还没出来，随手把菠菜狠狠地摔在筐里，垂下头来，轻轻叹了口气。

"路老板叹什么气呢？有什么不如意的，给兄弟说说！"

路不平闻声抬头，一看来人，身穿警服，却敞着怀，心里不由暗叫一声：坏了！猫来了！他赶忙站起身来，大声招呼："哟！范三哥，什么风把您给吹来了？"

这个范三哥，大名范为民，是派出所所长的独苗公子。他仗着他爹是个神通广大、有权有势的角色，平时吃喝嫖赌，为所欲为，是本地有名的花花太岁。他爹给他在所里安排了个工作，他只是到月去领一份薪水，平日里啸聚了一帮地痞吃喝玩乐，到街上，瞅谁不顺眼就揍谁。

范三根本没把路不平当碟豆，开口就直接说明了来意："我听说你这儿来了个四川漂亮妞，麻辣豆腐做得挺好，我是专门来吃她的豆腐的，哈哈。"

路不平忙不迭地从柜子里取出一条珍藏的"一枝笔"香烟，整条地双手捧给范三，赔着笑脸说："哟！三哥，您的消息一向挺灵的，这回是怎么了？这妞儿已经走了。"

范三笑了笑，顺手从餐桌上抓起一双方便筷，在手里玩了一圈，突然"啪"折断了一根，说："路不平，我范三这人仗义，见你是个残疾人，又老实，平时没找过你的麻烦。可是你要是骗我，我也不封你的门，也不砸你的店，只把你那条好腿再给你修理修理就行了。你看怎么样？"

说着把手里的方便筷竖在桌上，用手指摁着另一头，慢慢地摁下去，摁下去，终于，剩下的那根筷子也"啪"地断了。

路不平吓得脸都变色了，一边连连点头哈腰，一边说："哈哟，瞧您说的，借我俩胆儿我也不敢哪。那川妹子跌伤了腿，又没钱看病，我见她长得挺水灵的，就让她在我这儿边打工边养伤，思谋着能占点儿便宜。嘿，那妞儿的腿可真白！可是他妈的，她的麻辣豆腐也真是又麻又辣，辣得我不敢沾边儿。那妞儿见咱不怀好意，伤还没完全好就飞了。唉！早知咱没有金刚钻，我就该把这妞儿给您送去呀！唉！不知便宜了哪个四川佬了。您进来的时候我正为这个叹气呢。"

范三说："不对吧？我好像听人说你喜欢丑女人，打出旗号要找个'三心牌'的，怎么忽然间兴趣就变了？"

路不平说："说句不怕您笑话的话，爱美之心人皆有之，美人儿谁不喜欢哪。我只是没您那本事，找个漂亮的怕保不住，才要找个'三心牌'的。"

范三仍不太相信，他站起来把那条烟放在鼻子边嗅着，两只眼珠子骨碌碌转着四处寻摸，当他踱到里屋门边时，突然把头伸了进去。路不平的心立刻提到了嗓子眼儿，心想这下完了，这小子准会进屋去搜了。情急之下，他抬起胳膊往案上一拂，只听稀里哗啦一阵响，一摞盘子全摔在了地上。

幺妹压根儿没想走，也没躲。她正坐在行军床上想主意，看怎么能留下来，听见范三进来，路不平挖空心思给自己打掩护，她是又感动又好笑。感动的是路不平这么点儿的兔子胆，又不准备娶自己，却敢冒着仅剩的一条好腿被修理的危险，为自己打掩护；好笑的是路不平看似忠厚，说起下流话来竟也跟真的似的，足见这小子是有贼心没贼胆儿。

幺妹想，这光天化日之下，谁再厉害，还能反了吗？再说躲的话，躲到什么时候算了？俊服务员也不能怕见客人哪。这么想着，幺妹就站起来准备出去，把这事揽下来，省得过后这个什么范三找路不平的麻烦。

这当儿范三的头伸进来，两人闹了个脸对脸。范三一看幺妹，不由呆了。直到他猛听背后“哗啦”一响，才回过神来。他当即抓住这声“哗啦”的机会，装出受惊的样子，把头慢慢地往回一缩，装作后脑勺撞在了门框上，嘴里大叫一声：“啊哟！碰死我了。”向前一扑，张开双臂，一把抱住了幺妹，又趁幺妹倒退之机用脚一勾，把幺妹勾得失去重心，一下倒在行军床上。范三顺势扑在她身上，嘴里叫着：“我的头撞晕了，我晕了，我晕了……”手却在幺妹身上上下乱摸起来。

路不平跑过来拉范三，被范三一伸腿踹得一屁股坐在地上，又“哗哗啦啦”带倒了米缸面盆油瓶醋罐一大片。路不平从地上爬起来，顺手抄起来一根擀面杖，咬了咬牙高高举起。幺妹一边抗拒着范三，一边叫道：“路大哥，使不得！”

范三回头一看，见路不平举着擀面杖，就撇了撇嘴，一脸的不屑说：“路不平，你敢吗？有胆子就照爷爷头上来一下，打别的地方是孬种！不敢就给我乖乖地出去玩会儿，爷们少不了你的好处。”说罢又把手伸向幺妹的胸脯……

路不平举起的擀面杖迟疑了一下。可是当他看到范三的爪子伸向幺妹的胸脯，再也按捺不住，一咬牙一闭眼，狠狠地砸了下去。只听“哟”“哟”两声惨叫，路不平睁眼一看，只见幺妹抱住自己的胳膊，在地上打滚；而范三则双手捂裆，也在地上打滚，叫得像杀猪一样。

路不平见幺妹痛得厉害，赶紧过去把幺妹扶起来，颤抖着手去捏了捏幺妹的臂骨。见幺妹的臂骨断了，路不平一边自责，一边满屋子打转转。

幺妹见他手里还掂着那根擀面杖，“扑哧”一笑，说：“你是不是没打过瘾呀，还掂着它？你也不用太自责了，是我自己伸手挡的擀面杖。”

路不平大奇：“你，你疯了？”

“哪里哟，我清醒得很。我用胳膊挡擀面杖有三个好处：第一，免得出人命，要是出了人命，往后日子咋过？第二，可以试出你英雄救美的决心，我可不想嫁窝囊……男人。”说到后两个字，幺妹脸红得低下了头。这时她痛得豆大汗珠直往外冒，却是满脸幸福的表情，显然她对路不平这一擀面杖的力道挺满意。

这时，路不平见范三已痛得晕了过去，知道这事已不能善罢，就一边打电话报警、叫救护车，一边问幺妹用胳膊挡擀面杖的第三个好处？幺妹说：“第三个好处，就是我又可以坐救护车了。路老板，你是不是再塞给我一千块钱呀？”

不一会儿，警笛声响成一片，警车、救护车都来了。范所长一看儿子痛得那样，脸上的肌肉抖了抖，扭过脸来狠狠地盯了路不平和幺妹一眼，然后招呼人把范三抬上救护车。看看左右没人注意，抬手扇了儿子一个耳光，低声骂道：“不成器的东西！”挥挥手就要让救护车走。

这会儿，隔壁刘腰儿也过来了。他本来就不相信幺妹，可是眼下他见范所长这种明显的偏袒气不过，就在旁边喊道：“你儿子是人，人家姑娘就不是人？为什么不让这姑娘也去医院？”

这时同来的派出所指导员老杨说：“范所，这姑娘也伤得不轻，就让她也去吧？”

范所长一脸不高兴，可又说不出拒绝的理由，只好挥挥手：“去吧，范文明、卜爱民，你们俩跟着去，别让犯罪嫌疑人逃跑了。”这范文明和卜爱民是范三的堂兄表弟，靠了范所长的树荫，在派出所当联防队员。

幺妹一听就不乐意了，指着范三问范所长："你是这流氓的爸爸？派出所所长是流氓的爸爸？"这话引得围观者一阵哄笑。幺妹接着说，"那这案子你可办不得，我好像听人说现在有个啥子回——回民制度？"

老杨纠正说："是回避制度。"

幺妹其实知道是回避制度。她见范所长神色不善，心知在他手下没好果子吃，便故意装老土诱他们说出来，好让范所长回避。一听老杨说出来了，立刻紧紧抓住："噢，原来你们知道回避。那他办他儿子的案子该不该回避？"

老杨两手一摊，看着范所长。路不平碰了碰刘腰儿，冲他晃了晃大拇指，意思是说：咋样？我挺有眼力吧？刘腰儿也觉得给幺妹这么一挤兑，范所长是不好插手管这个案子了。

不料范所长面不改色，挥手让范文明和卜爱民把幺妹拉上救护车先走，再让手下把路不平押上警车，然后对围观者说："这和回避不相干。范文明同志是奉命前来调查一起拐卖妇女案件的，而这是一起严重的袭警案件。请大家放心，我们会秉公处理的。"说罢就指挥人勘察现场，把碎了一地的盘子罐子拍了照，那条"一枝笔"高档香烟和擀面杖也被装入塑料袋充当证据。做完这一切后，他便赴医院看儿子去了。

"天堂"的日子

路不平被押到派出所，一个警察过来履行公事似的录口供，路不平就一五一十如实地说了事情的经过。他回答完毕，就迫不及待地问："警察同志，我什么时候可以回去？店里还挂着今儿早晨才买的二十斤猪肉、十斤豆芽、五斤豆腐和各色蔬菜哪！"

警察仔细看了看路不平，确认他不是开玩笑，倒产生了一点儿怜悯，说："我们只负责调查，起诉由检察院管，宣判是法院的事。慢慢等着吧。"说完"咣啷"带上门走了。

路不平半生坎坷，已经习惯了逆来顺受，随遇而安。他想慢慢等就慢慢等吧，可干等着也闲得慌呀，不如练练刀法吧。当老板的刀法还没打工妹好，说起来也怪丢人的。一想到打工妹，幺妹那句"我可不想嫁窝囊的男人"的话又回响在耳边，幺妹娇羞的模样又浮现在眼前。路不平似乎完全忘了眼下的处境，他的嘴角竟露出了微笑。

正当路不平扎着马步，一手虚按苦瓜，一手虚握菜刀，嘴里"嗒嗒嗒"苦练刀法的时候，范所长开门走了进来，身后跟着卜爱民。两人一进屋，就"咣"关上了门。

范所长说："路老板，你好哇？今儿晚上是我值班，你有什么事，就跟我说，我们保证服侍得您满意。啊，哈哈！你还没吃晚饭吧？"

路不平知道他来准没好事儿，一边往墙角退缩，一边敷衍着："还没呢。你从医院回来了？范三哥没事吧？你看今儿这事弄得，唉唉……"

路不平一提到范三，就见范所长眼里闪过一道阴毒的寒光，吓得他后脊梁一阵冰凉。范所长阴阴地说："托你路大老板的福，我儿子的睾丸被摘除了。也就是说，我姓范的断子绝孙了！"说到这儿，范所长的嗓子里"骨碌"一响，停了老大一会儿，又说，"我看你打问我家范三是假，你真想打问的，是你那漂亮的服务员吧？我本不想告诉你的。可是我不告诉你吧，怕你急；真要告诉了你，只怕你更急。你说我是说还是不说？"

路不平一听这话，突然往前一冲，冲到范所长的跟前，急切地问："她怎么了？"

范所长说："你看你看，让我说着了不是？告诉你，她没事，胳膊打上石膏，跟我一起回来了。现在我那个不成器的侄儿范文明正在隔壁屋子里做她的思想工作呢……”

没等他话说完，路不平骂了句：“畜生！”跳起来猛地一推他，就要夺门而出。范所长要的就是这，他一闪身，一伸腿，就把路不平绊了个跟头。他歪了歪嘴，卜爱民立即扑上去，大声喝道：“路不平，你想逃跑吗？啊哟哟！你还敢打人！”边喊边摁住路不平就是一顿饱揍，直揍到路不平动弹不了才住手。路不平浑身痛得就像火烤。他肉体痛，可心里更是疼得淌血！他知道幺妹落到范文明手里，跟落到范三手里差不多。他心里火焦火燎地挂着幺妹！

到了这会儿，路不平才体会到，为什么进来过的人都把这儿叫人间天堂。原来这儿和天堂一样，过一分钟就像过一天，过一天就像过一年啊！

正当路不平身心深受这天堂煎熬时，突然听到那边屋里传来一声撕心裂肺的惨叫，听声音却不是幺妹。

卜爱民跑过去一看，赶紧回来向范所长报告：“舅呀，可了不得了，范文明的舌头被那四川妹咬下来了！”

原来，幺妹是个拿得起放得下的女子，从医院来到这里照吃照睡。范文明进来的时候，她正做着把守缺小屋挪到闹市区去的美梦呢。按范所长预先教的，范文明很文明地敲了敲门，把幺妹叫醒，然后一本正经地开始了讯问。问她是不是被拐来的，路不平是不是逼她卖淫，她和范三是不是被路不平打伤的。幺妹没料到他们会给路不平安这么大的罪名。她两只眼睛定定地望着对方问道：“我要是招了，你们放不放我？我想回四川老家，再也不想到你们这儿来了。”

范文明说：“按政策，像你这样的受害者，我们是要专人护送你回到家乡，和父母亲人团聚的。这样的差我就出过好几次。唉呀，你们四川真不愧是天府之国，满山的山桃花，满街的小吃，我去了都不愿回来了。还有那种亲人团聚、抱头痛哭的场面哪，每次都把我感动得了不得。”

幺妹听着听着，突然咧嘴大哭起来：“我说……我说……”接着就按范文明提示的意思说了。

范文明做完笔录，让幺妹签上字，两人相视一笑。范文明怪声怪气地说：“我家三弟没福气，不过眼力还是有的，你瞅他相中的小妞多水灵啊。我和三弟是兄弟，不如我来替三弟完成一下他的心愿？啊哈哈哈……”一边说着，一边就把幺妹的手反铐在椅子背上，把脚捆在椅子腿上。

幺妹娇声腻气地说：“警察哥哥，你知道我是干什么的吗？其实你不必捆我的。”

范文明说：“我知道，你是个麻辣烫的角色，就是你把我三弟的宝贝给顶了一家伙，使他成了废人。我可不想学他的样儿，咱们还是保险点儿好。”他边说边又仔细地检查了幺妹捆得牢不牢，等他自认万无一失了，这才搓搓手，坐下来享受他的美餐。用他的臭手摸她的脸，捏她的腿，最后竟撅着臭嘴来亲幺妹。幺妹手脚不能动弹，只好剧烈地左右摇头。范文明伸出两只手捧住幺妹的头，结结实实地吻了下去。只听“咯嘣”一下，幺妹一口把范文明的舌头咬了下来。

范所长低声骂了一句：“没用的东西！还不快送医院！”

卜爱民扭身进屋，抱起范文明慌手慌脚地就往外走。范所长见他那手忙脚乱的样子，摇了摇头说：“慢着，你毛手毛脚的，还是在这儿守着吧，我带他去。那半截舌头也带上，看能不能接上。”又附耳交代，“明儿一早，有人来给这四川妹办理取保候审，你就办给他。”说罢也不管卜爱民满脸迷惑不解的样子，转身把范文明的警服脱下来，开车走了。

次日清晨，果然有个黑黑瘦瘦的男人来到派出所，要求保释幺妹。卜爱民一看，认识，是东城的人贩子。卜爱民仔细一想，不由得对舅舅佩服得五体投地：这川妹子已有口供，不怕她再翻供；而且这小妮子伤了舅舅家两个人，舅舅自然要给她点颜色看看，把她远远卖到边远山沟里，既报了仇，她也翻不了供，舅舅还能弄俩钱花，那真是一举三得的好主意呀。卜爱民给人贩子办好手续，领着他来到关押幺妹的屋外，开了门，对幺妹说："你运气好，有人来保释你了。你要是能在这儿再呆一天，嘿嘿！"

幺妹本已站起，听他这么一说，又抱着膀子坐下了，说："好啊，我就在这儿呆个十天半月的，看你能把姑奶奶我怎么样。你去对那来保释姑奶奶的人说，姑奶奶还是黄花闺女，还没得这么孝顺的儿子。"

卜爱民听了一时不知说什么好。这时人贩子在外边咳嗽了一声，幺妹听了立即态度大变，说："要我走也行，不过有条件。"

卜爱民说："嘿，变成我求你了。说来听听。"

幺妹说："我得见路老板一面。"

卜爱民赶紧就坡下驴，说："好，我就喜欢有情有义的人，索性成全你。"说罢把幺妹领到路不平的门前。

幺妹过去拍拍铁门，喊了声："路大哥！"路不平昨儿被卜爱民打得眼肿得睁也睁不开，他听见有人喊他，抬起头，用手指费力地把眼皮撑开，这才见到幺妹。

幺妹见路不平这个惨样，心中一阵难过，但她抿了抿嘴，脸上神情旋即刚毅起来，说："行了，别酸了。有人来保释我，把你的存折密码给我。"

路不平冷不防幺妹提出这个要求，不由心中犯了嘀咕：我现在没有人身自由，你把我那点儿血汗钱一股脑儿取出来跑了咋办？但他只愣了一会儿，一咬牙，心说：这一把老子赌了！如果她心中有我，这钱也飞不了；要是她骗我，就让她走好了，反正到那时我的魂儿都没了，还要钱干什么？于是，挣扎着爬起来，附耳对幺妹说了。

幺妹记下，握了握他的手，转身离去。

煮熟的鸭子

八点钟，老杨来上班了。他一见路不平的样子，吃了一惊，忙问卜爱民怎么回事。卜爱民正腿跷在桌子上抽烟，见老杨问，便面无表情地撒了个谎说："这小子夜里想逃跑，给范所长制服后，就成了这个样子呗。"

老杨再问那四川妹，竟说给取保释放了。老杨气得手打战，心说这派出所成你们家厨房了，想怎么吃就怎么做！但他再也不说什么，拿起相机"咔嚓"、"咔嚓"就给路不平拍了十几张照片，又打电话要局里的法医来验伤。卜爱民见了这才害怕起来，偷偷溜出屋给他舅范所长打电话。

范所长听了，不火也不慌地说："一准是你小子大大咧咧，对老杨头说话时不够恭敬，把咱们老杨同志给惹火了。给你说过多少次了，为人两样宝，好马快刀。马是当面拍马，刀是背后下刀。好好学着点儿，小子。"

卜爱民一边答应着，一边不放心地问："那老杨头这……"

范所长不耐烦地说："随他的便！他还能咬了老子的卵去。"说罢"啪"地把电话挂了。再说老杨气鼓鼓地拿着照片和法医鉴定来到市局找到马局长，说到一半，门岗来电话请示，说有一个报社记者，听说范所长公汇报报私仇、刑讯逼供，他特来就此事采访马局长。

马局长干脆利落地说:“不见!”放下电话,意味深长地看了一眼老杨,说:“老杨啊老杨，你来这个所虽说时间不长，可你是多少年的老公安了，怎么不知道轻重?来反映情况就反映，可不该把这事捅给新闻界!”

其实，这不关老杨的事，是卜爱民见老杨在整材料，立即告诉范所长。范所长知道马局长最害怕家丑外扬，就故意请了他的一个当记者的哥们儿来采访。

老杨挨了一顿冤枉批评，却不气不火，对马局长说：“你说是我捅给新闻界的?”马局长“哼”了一声，没搭理他。

“那我可不能白背黑锅。”老杨说着，站起来抓起局长办公桌上的电话就打，“喂，是报社吗，我这里有一些照片，在公……”

一句话没说完,马局长冲过来抢下电话,扣上,说:“不是你、不是你、不是你，行了吧?”

老杨说：“行。那这打人的事怎么处理?长个脓疮，老这么捂着，越捂越大，对您也没啥好处吧?”

马局长说：“那也不能你说什么就是什么，得让局里调查清楚再说吧。”

老杨说：“那好。局长您也知道我脾气急，有时半夜三更想起来这事也会打电话问问情况。为了不打扰您休息，您最好把电话和手机都换了。”

马局长咧咧嘴，说：“那倒不用。你想半夜三更了解情况，我半夜三更打电话给你总行了吧。”边说边站起来把老杨推出门外,正准备关门,老杨又推开门伸头进来说：“为避免类似事件发生，我建议把路不平移往看守所关押。”马局长说了一声“行”，就“砰”地把门摔上了。

路不平刚转到看守所，刘腰儿就提着一包换洗衣物来看他。路不平见他两个眼圈都青了，赶紧问是怎么回事。刘腰儿淡淡地说："大概范所长见我折腾得挺欢，就叫人把我修理了一顿，算是给老子加加油。"路不平听说刘腰儿为自己也挨了揍，顿时一脸歉疚。刘腰儿以为他还要对自己说些感谢的话，没想到路不平问的却是："不知道幺妹挨打了没？也不知她给谁保释了出去，我真怕她遇到危险！"

一听路不平关心那四川妹，刘腰儿顿时火冒三丈地吼起来："你还惦着那婊子呢？人家把你卖了，你还帮人家数钱！"

路不平知道刘腰儿不相信幺妹，但从没如此口出恶言，忙问到底发生什么事了？刘腰儿说："你知道派出所为啥把她放了吗？因为她配合得好！在她的关照下，你老兄现在集拐卖妇女、逼迫妇女卖淫、故意伤人、袭警于一身，就算不枪毙你，也得判你个无期吧？"

路不平连连摇头说："不会的，不会的。幺妹顺着他们说，是想留着青山好烧柴，等她把一切处理好，她一定会回来翻供的。她一翻供，一天的云彩就都散了。"

刘腰儿说："她不会回来了！你知道她是谁吗？"

"是谁？"

刘腰儿说："我也不知道她是谁。我把我在派出所门外看到的原原本本说给你听，你听了也许就明白了。"

原来，路不平前脚被带走，刘腰儿后脚就跟到了派出所，警察不让进，他就在门口蹲着。一直泡到天黑，也没打问到什么。他垂头丧气地回家时，路上被一帮人截住揍得鼻青脸肿。

第二天一大早，刘腰儿心想既然有人揍我，说明有人不高兴我这样做。反正也没别的路子好走,那咱就让他怎么不高兴怎么来吧。于是,他又来到派出所。

他来到派出所没一会儿，就看见幺妹吊着胳膊和一个黑瘦汉子走出来。刘腰儿心中一动，也不上前招呼，偷偷在后面跟着。没走多远，就听那黑瘦汉子说："钓了一个多月，总算把路不平这小子的存折密码搞到了。"

幺妹说："我还断了条胳膊断了条腿，分钱时可得多给我一份儿。"

黑瘦汉子纠正说："就一条胳膊！你那腿断是装的。怎么，演戏演到自己都分不清真假了吗？别啰唆了，快点走，咱取了钱马上远走高飞，免得夜长梦多。"

幺妹回头看了看，刘腰儿赶紧缩在墙角。幺妹附耳对那黑瘦汉子说了几句，两人拐进了居民区的小胡同。刘腰儿想人赃并获，所以并不急着报警，想等这对狗男女进了储蓄所，把他们堵在里面再报警。

拐过一个弯，看不见他俩了，刘腰儿紧走几步撵上去，谁知刚拐过弯，就听幺妹大喊一声"砸"，那黑瘦汉子手里拿着半截砖迎面砸来。眼看砖是躲不开了，刘腰儿索性往前一扑，把头扎在黑瘦汉子的怀里，拦腰抱住他，跟着脚下使了个老树盘根，两人都倒在地上。经过一番厮打，刘腰儿翻了上来，骑在黑瘦汉子身上，把他的双臂反剪过来。那黑瘦汉子想找幺妹帮忙，可已不见了幺妹的影子。

黑瘦汉子说："你抓住我有什么用，那川妹子既有存折又有密码，这会儿只怕已跑到银行了。"

刘腰儿一愣神，那黑瘦汉子趁机把他掀翻在地，爬起来就跑，边跑边喊："你快去追那川妹子吧，晚了你朋友的钱可就没了。这丫头想独吞，故意出声示警让你我厮打，她好把咱俩都甩开。"

刘腰儿一想不错，就急急奔到银行挂失。可是跑到银行，刘腰儿才忽然想起，自己连路不平的账号都不知道，怎么挂失啊？听刘腰儿这么一说，路不平终于明白了幺妹以胳膊挡擀面杖的第三个真正好处：原来她是不想把事态扩大，以便于取保候审时骗自己，一旦得手后她就脱身逃走！这么一想，路不平突然“哇”放声大哭起来。

刘腰儿摇了摇头，长叹一声，也不再劝他。刘腰儿知道，路不平的钱虽说来之不易，但他却不是个一文钱看得跟大锣似的人。他现在放声大哭，肯定不是为了钱，而是他在那四川妹身上动了真情，现在是真伤心了。等路不平哭了一阵，刘腰儿说：“你在这儿没啥事，愿意哭有的是时间，我可不能在这儿看你哭。我得给你跑跑去，他妈的姓范的是老公安，他安在你头上的罪名只怕是螺丝帽上锈，不容易拧脱咧。不过甭管他上锈不上锈，你得相信山再高遮不住太阳，雪再大埋不住死人，总有水落石出的时候。”他又看看旁边的看守，说，“这儿的看守同志待咱真不错，让咱想说啥说啥，还让咱啰唆这么长时间。你在这儿我放心，你得相信什么时候都是好人多，哪朝哪代都是正义战胜邪恶！”

刘腰儿说了一气慷慨激昂的话，扭头走了。刘腰儿走后，路不平心灰意懒，不再想自己的案子，甚至都不想出去了。他不吃不喝，蒙头大睡。

几天后，刘腰儿又来了一趟，说由于派出所老杨的坚持，公安局把卜爱民和范文明辞退了，可是范所长现在仍然是所长。路不平的案子已转到检察院，现在两家都折腾得挺欢，只是范所长手里握着对路不平不利的口供和物证，他进检察院又像外甥走姥姥家，熟得很。刘腰儿和检察院打交道就不行了，而唯一的人证幺妹又是个骗子，眼下也不知她逃哪儿了。现在的希望就是花大价钱找个好律师，可是路不平的钱全让幺妹骗走了，刘腰儿的钱全让货压着，他正准备低价抛出，死活也要帮路不平打赢这场官司。路不平拍拍刘腰儿的肩膀，一句客气话都没说。

朋友到此，还需要说什么呢?

将门虎子

刘腰儿从看守所出来，骑车走在大街上，眼睛习惯性地东瞧西望，一是防备再有人揍他，二是希望能看见幺妹。

经过一所小学时，正赶上学生放学，学校门口停了一大片大车小车自行车，都是接孩子回家的。刘腰儿停了车，正张望着，猛地听到后面有人说了一句："你还准时得很嘛!"

四川口音! 刘腰儿猛一扭头，可是一看之下，又大失所望：说话的是个背画夹的小姑娘。只见她上了路旁的一辆木兰，"嘟、嘟、嘟"开走了。那骑车的也是个女子，穿一身肥肥大大的蓝卡其布工作服，戴着头盔，看不出长得什么样。

刘腰儿略一迟疑，马上蹬车追了上去，他想哪怕有万分之一希望，他也得看个清楚。

木兰骑得不快，刘腰儿蹬车尽可赶得上，可是怎么搭话却是个难题。骑了一段，到下一个红灯路口时，刘腰儿装作煞车不及，用前轮轻轻撞了木兰一下。刘腰儿赶紧下车赔不是："对不起，对不起。"

"没关系，我不是幺妹。"

刘腰儿先是一愣，随即大喜若狂，上去一把抓住了她的手腕子，哈哈大笑："你不是幺妹? 哈哈，这回我路兄弟可有救了!"

幺妹冷冷地说："有什么救? 我咬死牙关不反供，路不平只有坐牢坐得更结实些。"

刘腰儿听了一呆，接着瞪眼咧嘴怒吼起来："你……"

幺妹嘻嘻一笑，说："一个多月没见面，刘大哥还是给个棒槌就当针啊。我要是真的要整路不平，只要远走高飞就行了，干啥子还呆在这儿呢？你放开我的手，我跟你慢慢地说嘛。”

刘腰儿说：“我不放。你狡猾得很，我可不能再让你跑喽！”

幺妹叹了一口气，对后座上的小姑娘说：“娟娟，告诉这个叔叔你爸爸叫啥子。”

小姑娘说：“我爸爸叫郭家梁。”

刘腰儿这一阵子为了路不平的案子跑检察院，知道郭家梁是检察长，眼下正好经手路不平的案子。当下放开了手。

幺妹笑了笑，说：“我编个故事给你听，瞧能不能骗住你。你知道我是干什么的吗？我是个骗子，和你打过一架的那个黑瘦汉子，是我的同伙。他听说路不平挺富，就让我去钓他的钱。谁知路不平这小子是刘备转世，屁本事没有，却把我这诸葛亮收服了，得了钱不走，反而留下来给他打点官司。我暗中看你给郭检察长送礼碰了一鼻子灰，就蹲在他家门口观察了三天，看他缺什么。结果发现娟娟妈是个长期病号，家里经济挺紧张，请不起保姆。郭检察长又忙，他们家娟娟可就苦了，上学路上被人欺负，回到家来冷锅冷灶。正好我的胳膊断了，我就对郭检察长说我是打工妹，因为胳膊断了找不到雇主，情愿少拿工资，图个吃住进了他家。想等他欠我的人情了，再给他说路不平的案子。”

小姑娘听了大声叫道：“噢，你对我那么好，原来是进行感情投资！”说完从车上蹦下来就跑。

幺妹说：“刘大哥，你要是不怕被骗，你就跑快点。”

刘腰儿望了望幺妹说：“好，我就信你一回！”边说边拔腿去追小姑娘。

小姑娘背着个大画夹跑不快，刘腰儿没跑多远就追上了。他一把抱住小姑娘，扭过脸来一看，小姑娘泪流满面，说："我可是真的喜欢她，呜呜！"

刘腰儿抱着小姑娘往回走，突然看见一辆面包车"吱"地停在幺妹身旁，从车里蹦出两个男人，架起幺妹上车就走。刘腰儿看得很清楚，其中有一个正是那个和自己打架的黑瘦汉子。

刘腰儿放下小姑娘就追，可是跑了几步就连面包车的影子也看不到了。刘腰儿赶紧回头抱起小姑娘骑上木兰到附近打电话报警。可是当警察问起面包车牌号时，刘腰儿又抓了瞎。正不知怎么好时，小姑娘拽了拽他的衣襟，递给他一张纸，刘腰儿接过一看，是车牌号和那两个男人的速画像，刘腰儿顿时乐了：检察长的女儿，就是不一样！

尾　声

有了车牌号和画像，面包车没出城就被逮住了。于是一切大白于天下，路不平出来，范所长他们进去。

路不平出来的时候，刘腰儿和幺妹都来接他。劫后余生真情在，使路不平的脑子老大一阵子没有信号，也就没注意到一向开朗大方的幺妹神情不大自然。等他恢复正常，他惊讶地发现车子没开向市郊，而是朝繁华的市中心开去。他就对司机喊："哎，师傅，错了，我们是到市郊。"

刘腰儿面无表情地说："没错，开吧。"路不平被弄得一头雾水，就把眼光投向幺妹，这才发现幺妹一个劲儿地绞着手指。路不平感到事情不对，就问："怎么回事？监狱我都待过了，还有什么大不了的？没关系，说吧，我受得了。"

幺妹咬了咬嘴唇，说："对不起路老板，你的钱都让我花光了。"

路不平笑了:“我当什么事呢，不就是钱么，没关系，咱们不是有店吗，可以再挣嘛。”

幺妹头埋得更低了:“店也抵押给银行了。”

路不平仍不在意:“那有什么，我不是还有你么，对了，还有腰儿兄弟。”

刘腰儿脸一歪，嘟囔了一句:“呸!重色轻友。”

“你这监狱没白蹲，学会厚脸皮了，”幺妹用手指一点他的额头，“美得你!店都没了，还招什么打工妹!我可没那么傻，所以我已经另谋高枝了。”

路不平的头一下撞在车窗上，这时车也停了。幺妹先下车，拉开车门，一哈腰:“这就是我的高枝。”路不平机械地向外看了看，是市中心的一家快餐店，窗明几净，张灯结彩，门前摆着两只大大的花篮。路不平艰难地说:“恭喜你。”

这时突然鼓乐大作，不知从哪儿钻出一支学生仪仗队，为首指挥的正是郭检察长的女儿小娟。幺妹和刘腰儿一齐哈腰:“请路总下车剪彩。”

原来幺妹先斩后奏，倾路不平所有盘下了这间店，特意选在今天开业。路不平晕晕乎乎地剪了彩，自觉如在梦中。那边幺妹和刘腰儿突然追打起来，原来刘腰儿展开了他的贺礼——一副对联:

三心从此新概念：忠厚心，进取心，今后还须对夫人多赔小心。

幺妹不复旧相识：一把手，双人床，年终有望给丈夫再添宝贝。

横批：善良无敌

（张东兴）

（题图：杨宏富）

众生·变形记

zhongsheng bianxingji

怪诞的行为之下，潜藏着扭曲的内心。

特异功能

“五一”节晚上，平凉县农机厂静悄悄的，厂部值班领导、工会副主席温少东走过传达室，突然听到女值班员张金花在喊：“老温，快来看呀，电视里正播越剧大奖赛呢。”

温少东是个越剧迷，听到那软绵绵、嗲悠悠的唱腔就迈不开步子。可他今天却犹豫了一下，为啥？因为张金花是厂里有名的风流人物，模样迷人，举止风骚，厂里工人都叫她“迷你花”。此刻张金花见温少东这副尴尬样子，便把双手交叉朝胸口一抱：“哟，传达室有鬼呀，还值得你考虑再三？”温少东这才慢慢走了进去。

本来，张金花一个人憋得怪难受的，现在进来一个懂行的，那兴致就高了，她一边指手划脚评论着，一边又撕开一袋奶油瓜子，说：“老温，看戏嗑瓜子，低头想心思，来，吃点。”边说边直朝对方手里塞，弄得温少东浑身燥热起来，他连连摆着手："别，我、我牙痛。"

"张嘴，哪只牙坏了，我检查一下。"张金花嘴到手到，伸开双手就扒温少东的嘴。

正在这时，就见外面冲进一个人来，他一把拎起瘦弱的温少东，扬起手臂，"啪啪"就是两个嘴巴子，打得温少东嘴角淌血，眼冒金星，好半天没明白发生了什么事。

"妈的，你这个不要脸的老流氓！"进来的是张金花的爱人周世平，是个海员，平时一出去就是一年半载的。这次回家，听人说自己老婆去医院打过胎，就赶去追查，一翻记录，确有此事，不由得火冒八丈，立刻逼着张金花讲出那个第三者。张金花也不是个豆腐渣子，刀来枪去，守口如瓶，周世平始终未能弄清。今天老婆到单位值班，周世平就悄悄前来侦察，谁想到一进门，就见他们推来搡去地"双推磨"，火一下直冲脑门，顿时把个值班室吵得天翻地覆。

这件事，第二天就轰动全厂。工人们心里清楚，张金花在厂里肯定有相好的，但温少东不可能榜上有名，道理很简单，他是个三拳打不出一个闷屁来的老实头，再加上他又属"妻管严"，这种人别说让他风流，就是让他学都没那个胆量。但周世平亲眼目睹，一口咬定不放，张金花哭哭啼啼避而不讲。更令人奇怪的是，没出几天，厂部会议莫名其妙地免去了温少东工会副主任的职务。

温少东有心要申诉，但他那张贴封条的嘴巴，吭哧吭哧，有一句没一句，越说越糊涂，到后来只好闷着头回到厂里，天天长吁短叹。旁边人见了实在难受，纷纷过来给他打气："温师傅，别背着黑锅光叹气哪，到县里反映，上法院起诉，是只蚂蚁还动动腿呢。"

温少东睁着那对通红的眼睛，一个劲儿地摇头："唉……告、告什么？

有证据？”

众人傻眼了，是呀，流氓罪？厂里没有结论；下车间，工作需要，能上能下，冠冕堂皇，这一切都摊得开。大家讨论来讨论去，觉得要帮温师傅洗刷身上的罪名，关键要找到有力的证据。可秘密都在人的肚子里藏着，谁也不能举着榔头逼他讲出来，这怎么办呢？有人戏谑地说道：“唉，常听人说特异功能的人，耳朵能听字，胳肢窝能识画，眼睛能看穿五脏六肺呢，温师傅的案子要是碰上这种人可就好了。”

说者无心，听者有意，这话被一帮小青年听到了。

这些天，厂里一些小青年，稍微有点空，就写张纸条，好奇地放在耳边，你听我听大家听。做啥？他们是在试验自己有没特异功能。可是听来听去终究是叫花子卖掉短裤——一无所有。正当大家纷纷埋怨老娘肚皮不争气的时候，有个叫“梨膏糖”的小青年，突然兴奋地喊叫起来：“哎哟，我好像听到字在叫。”

“梨膏糖”真名叫李保唐，他原先是温少东的徒弟，此人平时最爱路见不平，拔拳相助，快三十的人了，还常常喜欢插科打诨，冷嘲热讽，弄得几个头头一提起李保唐，是哭不是，笑不好，摇头皱眉，大感刺毛。

眼下，李保唐拿着一张白纸贴在耳朵旁，激动得两眼放光：“哎哟，我听出来了，这是个‘王’字。”

众人“哄”的一声哈哈大笑起来：“喂，梨膏糖，你又卖狗皮膏药了，吹牛也得看看日头，太阳底下装什么鬼呀？”

这时车间主任王德利来了，他手摇得像电风扇：“行了，行了，都上班去。特异功能可不像少林拳、太极功，练几年就会，这是娘肚皮里带来的本事，凡夫俗子凑什么热闹。”

听他这么说，李保唐生气了，他一把拦住王德利：“把你那牛眼珠瞪圆了，看我怎么吓你个跟头。”说着转过身，“哪位帮忙，给写个字。”

旁边有人递过一张纸条，李保唐拿过来，放在耳边认真地听了起来。王德利等得不耐烦了：“喂，你准备发误餐费呀？别磨时间了，是骡子是马拉出来溜溜。”

李保唐突然脸色一沉：“王八！”

王德利一听，火了：“骂谁？”

李保唐将白纸用力朝桌上一扣，王德利不瞧则可，一瞧顿时把个舌头伸了出来，白纸上两个大字写得清清楚楚，真是“王八”。

众人“呼”的一声围拢过来，齐声喝彩道：“高，保唐真有两下子。”

王德利上一眼、下一眼打量着李保唐，不相信地问道：“喂，你这是耍魔术，还是变戏法？”

李保唐鼻子里轻轻哼了一声，学着王德利的腔调，朝众人挥挥手：“大主任有令，都上班去，上班去。”

现在王德利反而不急着走了，他拿过一张白纸，背过身去写了几笔，说道：“别瞎猫碰着死老鼠，有本事再露一手。”

李保唐双手一抄，眼睛看着天花板：“不干，耍猴还给两分钱，就这么白演吗？”

王德利急于知道事情的真伪，他爽气地摸出一包牡丹烟：“来，我请客！”

旁边的小青年们一迭声地嚷开了：“梨膏糖，摆开场子来两下子，我们等着抽你的烟哩。”

李保唐见众人这么说，才一抱拳，坐了下来，他接过纸条放在耳朵边一听，慢慢说道：“梨膏糖。”

大家抢过纸条一看，白纸黑字，“梨膏糖”三个字一笔不少。

“轰”，车间里这下子热闹了，你喊我叫炸了锅。

王德利此时又是惊又是疑，好半天才过来拍着李保唐的肩膀，亲热地说：“梨膏糖，你这一手是什么时候发现的？”

李保唐并不急于回答，将桌上的牡丹烟拆开，给看热闹的人发了一圈，自己也点上一支，美美地吸了一大口，这才说：“这耳朵听字对我来说，那真是利刀切豆腐，太便当了，大主任如果不服帖，我索性再给你露一手看家本事。”说完，举目向四周看了看，然后又用手指指女更衣室，问道，“各位，能看到里面的东西吗？”

众人抬眼望去，只见女更衣室大门紧闭，窗帘低垂，里面有什么当然看不见。只听李保唐哈哈一笑：“我的眼睛能够刺透砖墙！谁要不信，当场试验，我看到小张正在里面打瞌睡。”

王德利一听，忙喊人推门进去，果然青工小张正在里面呼呼大睡。王德利不由得倒抽一口冷气，连说话都不流利了：“保、保唐，你，你眼睛真、真那么厉害？”

李保唐微微一笑：“这算啥？武松打家猫，真本事还没亮出来。实话告诉你，心里想啥，我眼睛都能看到。”

“轰”，车间里又掀起了一阵高潮，有人赶紧把温少东给拉了过来：“保唐、保唐，你有特异功能，怎么不早点亮出来，快、快给你师傅诊断一下，他是不是吃了冤枉官司？”

这时，王德利看了一下手表，连忙劝道：“时间不早了，大家快上班吧。”说完忙把李保唐拉进自己的办公室，关上门，又是倒茶，又是点烟，随便扯了几句，就检讨起来：“保唐兄弟，你的特异功能我算服了，过去我可是眼睛长在脚底板上，对你实在是那个、那个……今后还望你多多帮忙，我肚里的东西，可别朝外抛哟。”

李保唐也不答话，只是伸出右手朝王德利胳肢窝一插。王德利猜不透他想干什么，眼睛白瞪白瞪，好半天没敢动弹。不一会儿，李保唐缩回手，神秘地笑笑："大主任，我给你搭了脉，吃准你有心病。怎么样，当断不断，必有后患，还是除了吧？"

王德利心虚地捂住心口："我、我没什么呀……"

李保唐见他这么说，起身便走，走到门口丢下一串话来："大主任，我这个人一向以善为本，处处给人留条后路，你什么时候想通了，拎瓶酒来谈谈。"

第二天晚上，王德利果真拎了两瓶陈年好酒，走进了李保唐的家，一推门，就听李保唐的妻子小严在怒气冲冲地骂："又到哪儿灌猫尿了，一回家就吹胡子瞪眼的，要凶，你到山上和老虎凶去。"

王德利斜眼一瞧，见李保唐正阴沉着脸，把个桌子拍得震天响："怎么，不兴我问问？"

王德利见小夫妻闹矛盾，就上去打圆场："小严，别吵了，保唐兄弟现在可是特异功能专家了。"

小严见是车间主任，不好再发作，只是悻悻地说道："什么砖家、瓦家的，也不拿只痰盂照照自己的尊容。"

李保唐见妻子这样挖苦自己，火就蹿上了脑门，他一把拉住王德利说："大主任，按理家丑不可外扬，现在这个长头发要翻我船，那我只好横过来了。"说着，几步走到窗台边，用脚点点地上那块大方砖，问道，"喂，你在下面藏了什么东西？"

小严见问，人一下子矮了半截："没、没什么呀……"

"别瞒我了，我的眼睛能看穿一切。"李保唐说着，弯下腰揭开青砖，从地下掏出一个蓝布袋，随手朝桌上一扔，从里面掉出一些钱来。小严见自己的私房钱被丈夫发现，不由得满脸通红，一句话也说不出来。

此刻王德利在一旁站不稳了，赶忙把李保唐拉进了内屋，愣愣地站着，一副欲言又止的样子。

李保唐见他这样，就主动问道："怎么样，都想好啦？"

"我，我……"王德利为难地打着哈哈，并且不住地用眼打量着对方。

李保唐见他吞吞吐吐，不由得脸色一沉："怎么，嘴里含金子舍不得吐？那好，我代你说。"说完，就上去解王德利的衣服扣子。

王德利紧张得一边躲闪着，一边直求饶："保唐兄弟，有话好说，解扣子干啥？"

"又不是让你上床睡觉，怕什么羞？你解不解，不解，咱们到街上去说。"王德利不敢再反抗了，乖乖地解开衣扣。

李保唐搬张凳子让王德利坐下，这才双眼盯着他的胸口，嘴里咕哝着谁也听不懂的单词，好半天才一本正经地说道："昨晚七点半，你在花木公园和张金花会过面，对不对？"

王德利身子"腾"地坐直了。

"你说'我们的事要麻烦了'，对不对？"

"对对。"

"你还咒我梨膏糖眼珠子瞎掉，对不对？"

"扑通"，王德利身子一软，屁股从凳上滑到地上，他抱着李保唐的脚，连嗑了两个头："保唐，你真是神仙不成？"

李保唐一咧嘴："神仙算啥？特异功能的威力，现在世界上都是个未知数，下面的事，该你自己说了。"

王德利见自己的心病被对方全部看到，知道无法隐瞒，只好竹筒倒蚕豆，把心中的秘密给倒了出来。

原来，前段时间，张金花主动给王德利暗送秋波，弄得他神魂颠倒，不久两人眉来眼去，正式勾搭上了。时间一长，细心的王德利发现张金花有身孕，这才明白自己中了人家的圈套。他不愿代人受过，可是那个孩子的父亲比他脚杆粗，只好捏着鼻子吃进，乖乖地联系医生为张金花打了胎。不料，手脚做得不严密，外面起了风言风语，王德利正在着急，想不到中间插进了个温少东，正好把个黑锅扔到他背上去。眼看化险为夷，却不料厂里冒出个有特异功能的人，只好全盘托了出来。

李保唐认真地听着，最后才拍拍王德利的肩膀，说："别紧张嘛，我早就说过，我李保唐一向以善为本，绝不拆朋友牛棚。你只要洗手不干，我可以为你保密，不过……"

王德利多少聪明，见李保唐话锋一转，知道他要问什么，赶紧把个头点得像鸡啄米："那人，那人，我猜想是……"

李保唐因为有了特异功能，在农机厂里名声大振，成了全厂第一号知名人士，大大小小的人物都来巴结、奉承他。为什么呢？道理很简单，如今有许多人出自不同的目的，在自己的外表披上一层厚厚的布帘，在公开场合，他们隐藏在内心的东西是绝不外露的；更有那些脸上露着笑容，肚里怀着鬼胎的伪君子，更是当面道貌岸然，可骨子里肮脏发臭。眼下在李保唐那双具有穿透力的眼睛面前，一切都赤裸裸地暴露出来，这怎么不令人惊骇。就这样，他们只好一个个过来和李保唐打招呼，央求他无论如何多保密，不要把自己弯弯绕的心思告诉别人。一时间，李保唐成了厂里的包打听、百事通。

这一天，李保唐走进厂长杨桂森的办公室，他一进门就问："杨厂长，最近厂里风气好多了吧？"

杨桂森满意地点点头，答道："是呀，是呀，听群众反映，有了你的特异功能，谁也不敢在肚里玩花样了……哎，哎，你要干什么？”

杨桂森话没说完，只见李保唐突然把右手插进了自己的胳肢窝。杨桂森早就听说了李保唐的厉害，现在见他竟找到自己头上，一时间吓得浑身冒汗：“小李，小李，咱谁对谁呀，有事好说，好说嘛。”

李保唐这才抽回手，叹了口气：“我说杨厂长，山不转路转，河不弯水弯哪，你也太不够朋友了。”

“这、这是什么意思？”

“什么意思？我几次申请考大学，你为何硬卡住不放？”

杨桂森这才明白对方的意思，抹去头上的汗珠子，装出无可奈何的样子说：“唉，小李，你想哪儿去啦，我几次推荐你，可是名额有限呀……”

谁知这话一出口，李保唐右手又伸进了他的胳肢窝：“让我搭搭脉，看看你心里想些什么？”

杨桂森心里像怀着十八只老鼠，扑通扑通乱跳。“好！”李保唐猛地一声喊，把个杨桂森吓得跳三跳，“好呀，信口雌黄，鬼话连篇，你心里明明在想，我读大学毕业后，你这个没文凭的厂长朝哪里放，对不对？”

杨桂森心里大吃一惊，哎呀！这个李保唐真正能看透人的心思呀。他抖擞擞，抖擞擞，好半天才低声说道：“小李，巧言不如直道，明人不必细说，既然你都知道了，我再也不敢瞒你了，下次一定送，一定送！”

谁知李保唐听他这么说，他那只令人恐怖的右手又伸了过来，杨桂森紧张得神经都快绷断，他一边朝后躲，一边直告饶：“都是我鬼迷心窍，害了你的前程，今后你有什么要求，我都答应！”

李保唐冷冷一笑：“事情看来没这么简单吧，我问你，温少东的问题，究竟是怎么回事？”

这话犹如当头一棒，砸得杨桂森差点栽个跟头："这个、这个，我也不太清楚。”

李保唐惋惜地摇摇头："你看，你看，我李保唐以善为本，总想搭救你脱离苦海，可是，你却到现在还不开窍。好吧，我点你一句，张金花后面还拖着个大人物。”杨桂森不由得面孔煞白，瘫了下去。

李保唐见杨桂森瘫坐在椅子上，双眼发直不出声，就丢了一句话："我走了，你今晚回去好好想想。我李保唐以善为本，想通了，来找我。”说罢走了。

第二天，杨桂森果真来找了。李保唐随他走进厂长办公室，手一摇一摇的，好像随时要伸过来："怎么样，要我帮着说？”

杨桂森长长地叹了口气。昨晚，他回去想了七七四十九个道道，但越想越心烦，有心咒李保唐一百次死，可念头刚起，又给压了下去，对方毕竟有特异功能，自己心中想啥，他都能看了去。要说心病，杨桂森确实有心病。原来，他和张金花是老相好了。周世平一出海，杨桂森就是义不容辞的床上客。前段时间，上级调整领导班子，在这关键时刻，张金花肚皮不争气，竟怀孕了。为了不误前程，他们一合计，就由张金花主动勾引车间主任王德利作替罪羊。王德利明知上当，但碍于顶头上司，自然不敢声张，前些天周世平错打了温少东，他们趁机顺水推舟，不显山不露水地把罪名推了过去，弄得温少东有口难辩，有冤难申。杨桂森原以为这事做得神不知鬼不觉，谁想到李保唐眼睛能看穿旁人心中的秘密事。思前想后，杨桂森长叹一声："抱着背着一样沉，我都说了吧……”

听完这一切，李保唐如释重负地一合双手："这就对了，去了心病债，饭吃三大碗，好在这事也不会吃官司，我看这样，找个机会，把自己的错误到职工代表大会上说说清楚，对温少东的问题也正式澄清一下。”见杨桂森面有难色，不由提高嗓门，“怎么，不愿意？那我去讲。”

“不，不，我讲，我讲！”

李保唐有特异功能的消息，终于一传十，十传百，渐渐传到了省里。不久省报唐记者登门来采访他了。

在李保唐的家里，唐记者见到了这个貌不惊人的青年人，此刻他正捧着一本弗洛伊德的心理学在津津有味地读着。两人寒暄了几句，唐记者刚想进入正题，不料李保唐的手插进了他的胳肢窝：“来，我给你搭搭脉，看我的功夫深不深。”

李保唐嘴里轻轻地咕哝着单词，不一会儿就开口问道：“你是个新记者，对不对？”

“对，对。”

“你想通过采访我，写一篇惊人的报道，对不对？”

“这、这你也知道？”

“啊哟，你有野心，说好听点是雄心，你想通过这篇报道，一步登上文坛，对不对？”

唐记者开头还能说对，到后来只顾咧着大嘴，怔怔地坐在那里发呆，直到李保唐给他端了一杯水，才如梦初醒，信服地说道：“耳闻不如眼见，你的本事我服了。回去我就和电视台联系。”

李保唐猛然收住了笑脸，遗憾地说道：“唉，有时我常常做梦，如果我真有特异功能，那该多好啊，我一定像济公那样飘游四方，专门去揭穿那些脸上戴着假面具的伪君子。”

唐记者一下子没反应过来，仍是激动万分地说道：“我一定要写出一篇好报道来，不光是为你，为我，也是为了整个中国，整个世界。你知道吗？有了你的特异功能，中央选拔接班人，再也不怕坏人混进去；世界出现疑难案，再也不愁坏人逃之夭夭。你真是国宝呀！我一回去就建议公安部派人重点保护你。”

李保唐见唐记者越扯越远，不由得哈哈大笑起来：“好啦，我实话告诉你，我根本没有什么特异功能！”

唐记者一怔，又不相信地摇头：“别谦虚啦，没有真本事，哪会那么准呀。”

李保唐把弗洛伊德的心理学推到唐记者面前：“你问问它吧。”

这到底是怎么回事呢？原来，李保唐确实没有什么特异功能，前面说过，他平时嫉恶如仇，敢说敢做，所以这次温少东吃了冤枉官司，大家都来找他商量，可是划拉来、划拉去，找不出证据，他们只风闻王德利和张金花关系暧昧，但空口说人难立脚，总得要有点实的东西，怎么办呢？这时，李保唐和几个好打抱不平的小青年，忽然想到现在社会上传说有特异功能，于是灵机一动，想出了这个绝妙的主意。前面讲的猜字、更衣室里小张睡觉，以及妻子藏的私房钱都是他们事先串通好的。

由于李保唐经常看心理学的书籍，所以他对人的心理变化颇有研究。又因为演得逼真，王德利果然中计，当天晚上就去找张金花商量对策。他们的谈话，让躲在暗中的李保唐一字不漏地听了去，这才会说得那么准。以后，事情又来了个急转弯，王德利说出了厂长杨桂森和张金花的关系，李保唐又故伎重演，真真假假，虚虚实实，连吓带哄，把这桩案子审得清清楚楚，为自己的师傅伸了冤。

要说李保唐开始这么做的目的，还仅仅是为了帮师傅伸冤的话，那么事情的发展实在出乎他的意料。在此期间，他通过一个个人的表白，看到了许多生活表面看不到的东西，因为信息灵了，所以分析问题更正确了，正因为如此，李保唐的“特异功能”才越传越玄，越玄越信。眼下李保唐当然不想触犯法律，便来了个见好就收，就趁省报唐记者采访之机，干干脆脆地亮出了底牌。

唐记者听完，不由得双手一摊：“啊哟，这下我可没东西写了。”

李保唐激动地说：“怎么没东西写？就把这一切都写下来，不是一篇很好的报道吗？中国真要有这么个有特异功能的人，那帮当面是人，背后是鬼的伪君子们再也无处藏身了。”

（吴　伦）

（题图：张　恢）

天晓得

张老根在县委机关食堂烧了30年饭，最近退休了，在家闲着也无聊，常爱上街走走。

这天，他出门不到半小时就风风火火地回来了，只见他：眉毛扬，胡子翘，满脸皱纹都在笑，活像捡了个大元宝！一脚踏进门，就欢快地喊起来："孩他妈，孩他妈……"咦，怎么没人答腔？张老根打了个愣，这才听见里屋传来嘘唏嘘唏的抽泣声。顿时，张老根满心喜悦被一桶冷水浇灭了，只得把那逢人就想说的喜讯咽进肚内，很不高兴地走进屋，粗声大气地问："着火啦、遭抢啦？没事你掉哪门子泪啊？"

老伴抹了抹眼睛，顺手递给他一份电报，说："老爷子怕不行了。"

"啊！"张老根一声惊叫，脸色立刻大变，一把拿过电报纸，几个瞪眼咧嘴的大字刺得他出了一身冷汗："父病危速回！"

张老根的身子开始打战，他见老伴仰着脸等待吩咐，立即骂道："还愣着干吗？快收拾东西咱们赶火车！"

老伴"嗳"了一声，正想去开柜门，张老根猛地又一声吼："慢，让我再想想。"

老伴奇怪地回过头，见张老根脸色发白，嘴唇发紫，还以为这个出名的孝子精神上受的打击太大，所以赶紧扯扯他的衣角，提醒道："老爷子那么大年纪了，说声走或许就走了，你再要七想八想，怕连句话也说不上哩。"

张老根没理睬老伴，他找了张凳子坐下，然后双手抱住头，一动不动地坐在那里想着心事，气得老伴哼了一声，自顾自收拾起东西来。

就在这时，只见张老根重重地捶了下大腿，态度坚决地说："不去了！"

"什么？你说什么？"老伴惊得尖声叫起来，"这怎么行？你是独子，老爷子病危不回去，家里亲亲眷眷会怎么说？万一、万一老爷子断了气，谁给他披麻戴孝？谁给他下葬？谁给他摔碗烧纸钱？"

张老根一声不吭，待老伴机关枪似的唠叨完之后，才瓮声瓮气地说："过几天马县长要上我们家！"

老伴闻听，用手摸摸老爱人的额骨头，有点心惊肉跳地问："喂，我说老头子你是病了，还是神经搭错？我20岁和你撑起这个家，都快35年了，家里没来过一个比科长大的官，今天太阳旺旺的，你说什么痴话啊？"

张老根被说怒了，他"嘭"地站起身，火爆爆地嚷："你真是小鸡肚肠米虾眼，告诉你，刚才在街上我碰到马县长啦！"

说到这，刚才的喜悦又爬上张老根的脸，他端起茶壶“咕嘟咕嘟”灌了几口，缓缓自己的情绪，这才说道：“刚才，我正在街上走，猛听有人喊张师傅，回头一看，见竟是马县长在和我打招呼。马县长真是平易近人啊，他从自行车上跳下来，握着我的手，问我身体可好？问我退休后还有啥困难？临别时，他还说一定要抽空上我家坐坐！”

老伴一听，眼睛湿润了，她像个孩子似的，听一句咂一下嘴，分享着老爱人的荣耀，见对方停住话头，觉得很不过瘾，又急着问：“你是怎么说的？”

张老根尴尬地搔搔白发，说：“面对这么好的县长，当时啊，我只觉得一颗心扑腾扑腾乱跳，仿佛要从喉咙口跳出来，竟连一句完整的话也说不出来。唉……”

“瞧你这傻劲，只会在家吹胡子瞪眼睛，一出门，大狗熊一只！”老伴数落到这里，自己也乐了，忍不住“扑哧”一笑，转眼她有点担心地问，“我们不回山东，和家里人怎么交代？”

张老根想了想，认真地说：“自古忠孝难两全，马县长既然这样看得起咱平民百姓，我老根没说的，先忠后孝了！”

主意打定，老夫妻俩就商量起怎样招待马县长，要说烧、烹、煮，张老根那真是关公舞大刀——拿得起，放得下，可他知道，党的干部不兴这套，但清茶一杯，心里头又觉得过意不去。两人嘀嘀咕咕商量到半夜，张老根才猛地想起马县长是宁波人，新春佳节快到了，下几碗宁波猪油芝麻汤团，那真叫吃在嘴里，甜在心里。

第二天，张老根费了好大劲儿，弄来几斤糯米，他细心地淘好，晒干，然后让儿子张强去碾粉。

马县长要上张老根家做客的消息不胫而走，这些天，整条街的居民出门进门都在议论这件事。当然，顶顶紧张的要数街道干部，他们以最快的速度，雇人疏通了粪坑，填平了路面，拆换了旧路灯，还在居委会门口挂出了几块宣传形势的大黑板。就连小菜场，也派了专人去坐镇，防止小商贩哄抬物价。这么一来，引得居民们一见到张老根就竖大拇指："张大爷，您老功德无量啊。"张老根起先摸不着头脑，待儿子把话说透，说这叫"搭车"、"借光"，张老根才转过弯来，托着下巴一个劲傻笑，算是心安理得地接受下来。

春节快到了，街上终于传来一串汽车喇叭声，在家的居民纷纷涌出屋去，兴高采烈地朝弄堂口跑。可不一会儿，又都垂头丧气地拥着一个绿衣邮递员来到张老根家。

张老根一见邮递员，心就剧烈地狂跳起来，他已预感到不是好兆头，伸手接过那份加急电报一看，上面只有五个字："父病故速回！"这五个字像五个响雷在张老根头顶炸开，他突然泪如泉涌，竟在大庭广众之下，像个孩子似的哇哇大哭起来。

老伴见老爱人难受得这个样子，不由叹了口气："咱们回山东吧，好歹还能见上一面。"

张强也劝："爹、妈，我陪你们回去。"

张老根的额角突然间又新添了几道深深的皱纹，那本来清澈明亮的大眼，一时间变得灰蒙蒙的，他睁大眼朝县政府的方向瞧瞧，终于艰难地嗫嚅道："不，我不能回去，我不能叫马县长吃闭门羹！"

张强着急了："爹，马县长说的只是客气话，怕早就忘了这码事。"

"不、不，马县长亲口跟我说的，他绝对不会忘的！"

"唉，不就是个县长吗？要来要去随他便，也值得让你像菩萨似的供着、等着。"

老伴见爷俩又要斗嘴，忙拉过儿子，和稀泥地劝道："算了，你爹的脾气你还不知道。"

春节终于过去了，马县长没有来；元宵节过去了，马县长仍然没有来；张老根家里搓的那些汤团都起了绿毛，马县长最终还是没有来！张老根盼来的却是一封长长的山东家信，信中反复说着他老父亲临死前是怎样一遍又一遍地呼唤着儿子的名字，死后又是怎样用力都无法让老人闭上眼睛……张老根一边哭，一边读，终于一病不起。

老伴当面不敢说什么，有一天待老爱人睡了，才悄悄向前来探病的邻居讨教："这马县长咋说话不算数啊？"

众邻居你看我，我看你，都不说话。张强在旁边冷冷一笑："这有啥稀奇，他的话你能当真？"

"放屁！"张老根不知什么时候从床上爬了起来，他睁着血红的眼睛，朝儿子挥舞着拳头，"不许你乱说！"

"乱说？"张强不服气地咕哝道，"姓马的说话不算数，还不许老百姓骂……"

张老根突然显出一副沉重的样子，他朝天望望，朝地看看，终于一跺脚说："实话对你们说吧，马县长根本没有说要上我们家来，那是我编出来的谎话。"

"啊！"众人闻声，大惑不解地问："张、张大爷，您、您干吗要这样做呀？"

"我、我……"张老根更加口吃了，憋了好久，才说，"我，我想出出风头，噢，不，我想趁机让咱们街道的环境改变一下……"到底怎么回事，只有天晓得了。

事情过去好些天了，张家门口又显得冷冷清清。张强妈见老爱人老是躺在床上唉声叹气，怕他愁出病来，这天一早，硬陪着他上街去散散心。巧的是在半道上又碰上了马县长。马县长一瞧张老根那模样，惊得眼珠都发直了。一个多月不见，原先红光满面，精神十足的老人，竟变得眼神无光，面容憔悴，瘦得快剩一个影子了。“张师傅，您老最近怎么啦？”

没待张老根开口，张强妈气鼓鼓地冲了一句：“还怎么啦，这要问你！”

“啪，老嫂子心里好像有气，现在我要去开会，要不待有空我上您家好好聊聊。”

“不！”张强妈倔劲儿上来了，直着嗓门嚷道，“今天你们俩都在，我到要弄弄清楚，到底是谁说了假话？”

张老根晓得老伴脾气，急得一个劲儿地跺脚：“我的老祖宗，轻点，轻点，这样影响多不好。”

马县长看出事有蹊跷，便站定了身子，问：“老嫂子，我洗耳恭听。”

“好，我问你，你有没有说过上我家坐坐的话？”

“这个……”马县长不由搔起脑壳，县里大事小事千头万绪，谁还记得说没说过这句话，想了半天，才勉强点点头，“嗯，好像说过。”

“马县长呀，你这个空心汤团可把我们害惨了哇。”张强妈鼻子一酸，泪水涌出眼眶，“你呀，你呀……”

张强妈诉说着，每句话都结结实实地敲打着马县长的胸膛。他脸色惨白，身子剧烈地抖动着，他做梦都想不到，一句客套话，会给张老根家带来如此严重的后果。一时间，他陷入了深深的沉思之中……

（吴　伦）

（题图：黄世坚）

奇特的储户

早桥乡金家村村长金友葵，今年四十挂零，凭长相不怎么中看，论本事却有一身。他既熟悉农村工作，又会搞外交关系，不管村里村外的事，只要插得上手，他都乐意去干。可是天有不测风云，人有旦夕祸福，就是这么一个响当当的村干部，一场重病把他扔到了床上，半个月下来，家里的现金都变成了他肚子里的药汤，可是金村长的病却毫无转机。

妻子秀云眼看着丈夫红彤彤的脸庞变黄了，炯炯有神的眼睛落了眶，台柱般结实的身架成了枯柴梗，心急如焚，好不着慌。这天，她把自己那只装了两千元私房钱的铜盒子端出来，要拿钱给友葵治病，却被友葵叫住了："秀云，你那个莫动，先用我这里的。"

他从枕头底下摸出一个小本子，从里面抽出一张纸条递给秀云。

秀云接过一看，只见上面写满了村里人的名字，名字旁边是钱款数字，多的四五百，少的二三十，总计是五千多块。秀云看得目瞪口呆，疑惑地问：“这是什么呀？咱家哪来这么多钱？再说就凭这个没章没印的单子，算数吗？”

“哪有不算数的道理，点点滴滴都在这里哪。我当村长这么多年，在他们那里存点钱还不行？”友葵说着，亮了亮手中那个小本子，又把它放回了枕头底下。“你妇道人家不懂，反正要钱用，到单子上点一笔合适的，去拿就是了。”

听了丈夫的话，秀云将信将疑地拿起单子又看了一遍，便挑了“王二伯”这家，户头上写着50元。她拿着这份单子上门一问，王二伯开始像有点记不起来的样子，后来看了看单子，也就二话没说，将五张“大团结”塞到了秀云手中。真家伙落进了秀云的荷包，她这才打心里相信了丈夫确有那么大的一笔存款，此刻的高兴劲儿就别提了。

秀云收到钱后，急匆匆走在回家的路上，心里直想着她丈夫这种分散存钱的办法好，既能方便别人，又不会让别人晓得底细，说不定到头来还会有笔酬谢呢。秀云走着、想着，不觉就到家了，她踏进门槛喊友葵，不知怎的，连叫几声都不见回音。走近床前一看，不禁大吃一惊，友葵已经烧得不省人事了，秀云急忙叫来左邻右舍，赶紧将友葵抬到乡人民医院。

经初步诊断，友葵患的是严重出血热，必须马上转院。可是，当救护车将友葵送到县医院时，已经抢救不及了。在场的乡领导征求秀云的意见，是否将尸体火化。秀云想到丈夫劳碌一世，留下了那么多的存款，不忍心这样马虎完事，执意要把尸体运回去。她要先用自己的那笔私房钱，为丈夫举行一个隆重的葬礼。

这一天，金家村的男女老少都来参加金村长的葬礼仪式，送葬的队伍排头不见排尾，真算得上方圆百里，前所未有。葬礼完毕，按照乡俗，秀云请帮忙的人留下来吃夜酒，友葵单子上有名有姓的人，自然大部分都留了下来。

秀云脱去孝衫，给大家斟酒，然后举起酒杯，很有礼节地说："我代丈夫友葵多谢大家了，来，敬各位一杯！"

大家一饮而尽。秀云斟上第二杯，接着又说："喝了答谢酒，请再喝一杯见笑酒！"

在场的人听了却感到奇怪，见什么笑？正在疑惑时，只听秀云有板有眼地说："大家都知道，友葵中年病故，我将家中的积蓄全部用光了，以后的生活就靠他在各位那里存放的现金了。趁各位在场，我把数目念一下，大家也好有个准备，过两天我一一上门收取。实在对不起，见笑了。"

秀云说着，从衣袋里拿出了友葵给她的那张单子。席上的人见状，一个个大眼瞪小眼，谁也不知道秀云葫芦里卖的什么药，便都仰着脖子，竖起耳朵，等候秀云说下去。

只听秀云展开单子，一字不漏地念开了！

"李付生，140 元。"

"刘春根，400 元。"

"刘春望，100 元。"

没等秀云念完，这几位被念到了名字的人忍不住叫起来了："金大嫂，这可不能瞎说的呀，金村长什么时候放过钱在我们那里？有钱他不会去存银行吗？""是真的，我那里也没放！""我那里也没有！".

秀云见这些人不承认，有些生气了："你们总得凭点良心吧，友葵死了才两天，怎么就想赖账呢？"

还是刘春根会说话，他说：“我们没有账在友葵那里，你一定要我们认，你拿证据出来看！”

“对，有账就拿出来看！”吃酒的人都哄了起来。

秀云气不过，抖了抖手中的单子，说：“要看，这就是友葵留下的账单子。友葵不会凭空捏造的，前两天友葵没死的时候，我就是拿着这张单子，在王二伯家里收到钱的。不信，你们问王二伯。”

一直坐着不吱声的王二伯，见点到自己头上来了，正好将一肚子话端了出来：“前天秀云问我取钱，我是给了，这事儿说起来话长。大家知道，去年我家遭了天灾，金村长把上面拨的一笔照顾款尽数给了我，这个你们恐怕不晓得，当时我很感动。金村长说这是他对我的特殊照顾，要不顶多能分到个十分之一的数字就不错了。俗话说：‘蚂蟥听水，锣鼓听音。’日子长得很，以后要金村长照顾的地方多得是，当时我就想从照顾款中抽出五十元给他，可他没有接，只是说先放着，要的时候再拿。前天秀云来收这五十元，我能不给吗！”大家一听都没吱声，不过心里似乎都明白了账单的奥妙。

秀云也愣住了，她三步两步从里屋找出友葵的那个小本子，小心翼翼地打开一看，只见上面详详细细地写着：

4月8日：分给李付生平价尿素20袋，比议价便宜280元。对半开的话，可分得140元。

6月1日：安排刘春望女儿到村办工艺厂当出纳。春望答应日后重谢，100元是不会少的。

6月3日：将一栋小学旧料便宜1200元卖给了刘春根的舅舅。打三股分吧，400元脚踢不开。

……

天啊，这哪是什么凭据哟，秀云看着看着，只差没叫出声来。她再也看不下去了……原来友葵记下的这些，尽是他自作自算的劳心报酬，尽管都是些不义之财，但只要他在村长这把高椅上坐着，就自然会有人送进他的荷包。秀云真后悔不该将自己的私房钱花得精光，一气一急，哑口无言地瘫倒在竹椅上，什么话也说不出来了……

（龙光清）

（题图：杨德彪）

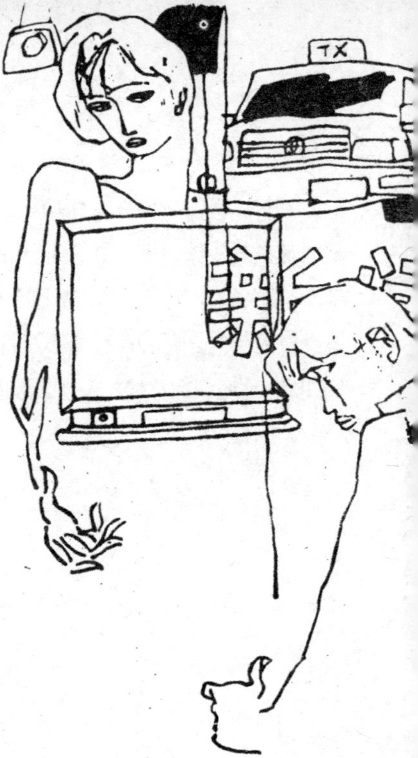

新闻风波

出租汽车司机马卫东这几天高兴得不得了。原来妻子牛永红到南方进服装，要一星期才能回来，儿子送到姥姥家也不用操心，现在正送几个外宾去宾馆，一笔外汇又能捞到手。想到这，他不由自主地吹起口哨，汽车又快又稳地行驶在宽敞的林阴道上。

正在这时，马卫东腰里的BP机响了。他掏出来一看，乐了：是吕艳芳在call他。吕艳芳和他妻子牛永红原是同学兼好友，整天描眉画眼不务正业，由于常找牛永红买衣服，与马卫东接触多了，一个贪财，一个好色，两个人就勾搭上了，昨天他们还一起在游乐场玩了一天。晚上吕艳芳对丈夫撒了个谎，干脆就住在了马家。所有这一切，牛永红都蒙在鼓里。马卫东边开车边想：这一早，她又想干什么呀？所以一到宾馆送完客人，马卫东马上就回了电话。

“卫东，大事不好了！”电话那头传来吕艳芳焦急的声音。

“怎么，你又有了？”马卫东还想开她的玩笑，上次就这样被她骗去了好几百块钱去“做手术”。

“放屁，老娘和你说正经事！”那边火了。

马卫东忍住笑，问：“啥事还这么正经？”

“你还记得昨天咱们在游乐场坐摩天轮的事不？”

“记得。”马卫东有点纳闷了，“我不是还往你嘴里塞了根香蕉吗？”

“对呀，就是那时候！让记者给录了像上电视新闻了！”

“那记者录咱干吗？咱又不是大腕明星。”

“哎呀，那摩天轮不是游乐场新设的吗？”

“对呀，咱不就是想尝尝鲜吗？”马卫东这回更糊涂了。

“笨死了！记者是为了报道游乐场新设的摩天轮，镜头正巧对着咱俩十多秒钟呀！我今天上午看电视新闻看见的。”

“真的？”马卫东也意识到事态的严重性，这要是让亲戚朋友看见了还了得？所以他马上道：“你在家等着，我立刻就到。”

马卫东和吕艳芳连埋怨带商量了一下午，也没弄出个子丑寅卯。总不能不让电视台播这条新闻吧？最后马卫东说：“管他，别人看见就看见，只要我老婆不看见就行！她过几天才能回来，到时候新闻成旧闻不播了，就说那是别人看花了眼，她找谁对证？”话虽这么说，但两人已没了心情，马卫东就告辞回家了。

马卫东闷闷不乐地回到家，掏钥匙打开门时吓得他一哆嗦：牛永红正躺在沙发上看电视呢！

“你，你怎么这么快就回来了？”马卫东觉得舌头短了半截似的。

牛永红挺兴奋地站起来说：“这笔生意太顺利了，我也没想到能这么快就回来。怎么，不高兴？是不是外头有女人了，嫌我回来碍事？”

“不碍不碍，不，不，不敢不敢。”马卫东心里发虚，语无伦次。他心里明白，牛永红这只母老虎不是好惹的，要是让她知道他们这一档子事，还不把他撕了？

牛永红佯骂道：“量你有贼心也没贼胆！今晚就咱俩吃饭，吃完可以轻轻松松看电视了。”马卫东的心一下子又提了起来。

马卫东心事重重地吃完饭，刚收拾完桌子，牛永红要去开电视。马卫东用身体挡住电视，搂住她的肩膀温存地说：“咱们去看电影，好吗？”

“改天吧。”牛永红拨开他的手打开电视，“我很累，看会儿电视就休息。”

马卫东偷看了一眼表，快到本地新闻时间了，这可怎么办呀？他灵机一动，拿出盘录像带来：“看带子吧，带色的，一百多块钱呢！”

牛永红骂道：“去你的。看看新闻就行了。”

听到新闻两字，马卫东不禁一哆嗦：“新闻有什么看头，换个台吧。”

“今天又没球赛，就看新闻。”

这时，新闻已开播了。马卫东心如火燎，软的不行来硬的，他“啪嗒”把电视机关了。

牛永红“腾”地从沙发上跳起来，指着马卫东问：“你吃错药了？我走了这几天，回到家连看电视的权利都没有啦？”

马卫东道：“就今天不能看。”

“为啥不能看？”

马卫东气急败坏地说：“我就不让你看！”

“不让？我偏看！”牛永红也不是省油的灯，两人在电视机前推搡起来。女的怎能赶上男的劲儿大？牛永红见拗不过他，一气之下，跑到对门邻居家看去了。

这下可急坏马卫东了，他在屋里团团乱转。这时，隔壁传来电视播音员的声音：“据本台记者报道，我市游乐场又添新设施……”要命了，马卫东急了，几步蹿到楼道单元电闸处，不管三七二十一，拉下了电闸，整个单元一片黑暗。马卫东长舒一口气，顺着墙角溜了下去。

等到有人发现，骂骂咧咧再合上电闸时，新闻早已播送完了。

牛永红明白这一切都是马卫东捣的鬼。为什么不让她看新闻呢？牛永红百思不得其解，她气冲冲回到屋倒头便睡，对呆在一旁的马卫东理也不理。马卫东心里暗暗庆幸，这一关总算是过来了。

第二天一早，牛永红爬起来没吃饭就走了。马卫东心想，中午自己早点回家做好饭，等她气消道个歉就没事了，所以也就没放在心上。

不料马卫东回家时，牛永红已“恭候”多时了。牛永红见他回来，道：“好你个马卫东，你真有本事啊！你以为不让我看新闻我就不知道了？我到电视台找了熟人，看的比新闻还多。我在外面累死累活挣钱，你倒享开福了！你们两个合伙戏弄我，我绝对饶不了你们！马卫东，我实话和你说了吧，要不是看在孩子的分儿上，我早就和你拜拜了。现在正好，咱们大路朝天，各走一边。等会儿法院见！”说完，牛永红狠狠地摔上门，走了。

“唉！”马卫东长叹一声，双手抱着头蹲在地上。

早知今日，何必当初呢？

（李　钢）

（题图：施其畏）

招　聘

故事发生在俄罗斯，说是有家公司一天贴出了招聘广告，上面是这样写的："调味品公司招聘供销科长一名，报名者须持学历证书及有领导签字的申请书，有实践经验者优先……"

广告吸引了许多人，几天下来，就有六十多人报名。既然是招聘，有这么多人报名，应该是大好事，可公司的副经理却急得坐立不安。为啥？原来这家公司的招聘，只不过是在做表面文章，实际上这个位子早已安排给了副经理的女婿。

现在，这么多人来报名，副经理担心事情有变，便急忙找到经理，说："那招聘供销科长的事，是不是……"

经理打断他的话，说："咱们不是早就谈妥了，供销科长的位子给你女婿吗？怎么，有问题？

“不不，我是怕……”

“怕什么？君子一言，驷马难追。我说话从来是算数的。”

有经理这句话，副经理放心了。于是抓紧处理招聘的事，用各种理由将报名者一一打发了回去。事情似乎并不费劲，就像回绝叫花子那样，三言两语就把人打发走了。两天下来，六十多个报告者基本淘汰出局，只剩下少数几个人了。为此，副经理好不得意。

眼看事情就要成功，这时候，来了个报名者，一脸大胡子，鼻梁上架一副眼镜，脑袋上似乎已开始脱顶。他“咣当”一声推开门，一脚跨进办公室，大喊大叫起来：“我叫丘哈诺夫！你听明白了吗？丘—哈—诺—夫。”

副经理对他的放肆与无礼很不高兴，当即取出丘哈诺夫的材料袋，说：“丘哈诺夫公民，我们公司有自己的特殊情况，用人也有特殊要求，所以你没有被录用，这是你的材料。”说着，把材料袋递了过去。

丘哈诺夫没有接他的材料袋，只是冷笑了一声，说：“别提你们单位的特殊情况了，你们的特殊情况，我早就研究过了。”

这可大大地激怒了副经理，他“啪”地从座位上弹了起来，手一挥，吼道：“你给我滚！否则我就打电话报警，把你抓起来！”

哪知丘哈诺夫不吃这一套，不但不走，反倒一屁股坐到椅子上，发出一阵狂笑。

副经理被他笑得汗毛凛凛，脱口问道：“你笑什么？”

丘哈诺夫捻着胡子说：“你以为我不知道？你们所谓的特殊情况，就是把你们的亲友安插在关键位子上，对不对？”他掏出一个小本子，像播音员似的念了起来，“近两年来，你们安插了供给处长的亲戚，一个修指甲的女人，居然当上了原料分类总检查员；干部处长的亲娘舅，一个只会做短裤的裁缝，却当上了包装科的科长；还有您这位副经理的妻弟……”

这时候，副经理的脸色开始变化，已经坐不住了，他挥挥手说：“你，你别乱说。”

“是的，这些都用不着我多说，你们这次招聘，录用者早已内定了，他是谁的亲戚，您比谁都清楚。对不？”

这一下副经理被彻底镇住了，心里暗想：这该死的丘哈诺夫究竟是什么角色？怎么对我们的秘密了解得如此清楚？一旦扩散出去，岂不成了丑闻？看来只有把供销科长的位子让给他，才不会招灾惹祸。他想到这里，便说：“用人得由经理说了算，我这就去跟经理谈谈，你稍等，我马上回来。”

副经理拿起材料袋，匆匆来到经理室，将材料袋递了上去，什么话也不说，只是斟满一杯矿泉水，一饮而尽。

经理拿起材料袋看了看，奇怪地问道：“你这是干什么？这丘哈诺夫是什么人？”

副经理说：“他就是未来的供销科长。”

“你女婿叫丘哈诺夫？”

“不，他不是我女婿，我与他素不相识。”

经理似乎很不高兴，“啪”一下将材料袋扔给了副经理，用命令的口气说：“你把材料还给那个家伙，打发他走。下班之前，你把你女婿的任职命令写好。我们不是早就说好了吗，怎么能随意变卦？”

副经理很受感动，但还是坚持自己的意见：“不，不行，这个丘哈诺夫可不得了，他知道我们所有的秘密，我们公司所有干部的名单，谁跟谁是亲戚，是怎样安插进来的，全都记在他那个小本子上，我们可不能大意失荆州呀！”

经理一听哈哈大笑，说：“他知道又怎么啦，我才不怕呢！我只是给总局和部里安排了几个人，可我自己没一个亲属安插进来过。他要不服气，就叫他去告得了！”说着，经理还拍拍副经理的肩膀，“你放心，这事我会挑担子，你马上把那个丘哈诺夫赶走。”

但这并没使副经理宽下心来，因为他心里很清楚，这件事如果捅出去，经理上面有人护着，该死的还不是他副经理自己？于是急忙说：“经理，千万不能硬来，就让我那该死的女婿再‘吃’我一阵子吧，那样总比我让人一锅端了强。经理，我求你了。”

经理沉思了好一会儿，说：“你的意思是一定要用丘哈诺夫？”

“对，这是明智的做法。”

“那好，你作决定吧。”

“是不是我把他叫来，您跟他谈谈？”

“好吧。”

不一会儿，丘哈诺夫随副经理来到了经理室。谁知等副经理一走，经理把办公室门一关，丘哈诺夫一头扑进经理的怀里，激动得嗓音都变了调：“谢谢您，我的好爸爸！”

现在，我们大伙都明白这家公司的招聘是怎么回事了吧，但那个副经理却还蒙在鼓里。也许很快他就会知道真相，可到那时，即使他知道了，又能怎么样呢？

（编译：瑞　勤；讲述：吴文昶）

（题图：姜建忠）

神井

古时候，深山坞里有座庙，庙里有口井。井里的水终年碧清，井口有一石圈，石圈上有木头盖子，还上了锁，轻易不开。据说，那是一口神井，人往井沿上一站，井水里便会映出你前世或来生的情况。

这消息传啊传，传到一位总兵的耳朵里。他连忙骑着马直奔寺庙，先是点烛插香拜过菩萨，然后跟住持和尚说明来意，想从神井里看看自己的前生。

住持和尚领他来到井边，先磕头跪拜，又进行祷告，接着打开锁，掀开井盖。总兵低头一看，只见井水中映出一位白发老人，衣衫褴褛，肩上扛一块木板，正向一间低矮的破茅舍里走去。

总兵觉得奇怪，便问住持："这就是我的前生？"

住持和尚点点头："正是。原来你前生是个孤苦的老人，在他的家门口有条小溪，溪上没有桥，过往行人都得脱鞋涉水，很不方便。白发老人看在眼里，急在心里，所以就用上了他的床板，白天搬出来架在小溪上当桥，晚上扛回家打铺睡觉。就这样长年累月，乐此不疲。上苍为了奖赏他的善心，他死后便让他转世当了总兵。这就是你的前生。"

总兵告别住持，高高兴兴地回去了。一路上，他在想，我前生只是用一块木板让人踩着过水，这么点小事，居然得到如此厚报，如果我今生出钱造一座桥，那来生不做皇帝也可当宰相了。

他回到家，立即派人寻找造桥的地址。地址选定后，又找来了一位远近闻名的老石匠。老石匠是个老实人，虽然能对付各种各样的石头，但从未和官府打过交道，现在听说总兵找他，当下就吓得两腿酥软，差点迈不开步了，可有啥办法呢？只得硬着头皮提心吊胆地去了总兵府。

进了衙门，上了大堂，只见总兵端坐中央，两旁站立着许多兵丁，不是拿刀就是佩剑，那气派，吓得老石匠急忙跪下，心想：死活也只能听天由命了。

总兵倒也干脆，问明了老石匠的姓名和职业以后，便告诉老石匠，给他 500 两银子，要他在河上造一座石桥，三个月之内必须完工。

老石匠一听蒙了，他只会打石头，可没造过桥呀。但他知道，在总兵面前要是推三推四，或者讨价还价，弄不好就会脑袋搬家，于是只得咬咬牙，应承下来。

从此，老石匠便开始建桥，谁知大桥造到四分之三时，钱已用完，而竣工期限已经临近，实在没有办法，只得壮着胆子去向总兵要求追加银两。哪想，钱没要到，反挨了总兵一顿臭骂："什么？还要钱？需要多少银子，当初不是讲定了吗？现在又说不够，你想敲诈本官不成！告诉你，别想再加一文钱，桥得按期完成，不然我要你脑袋！”

老石匠哪敢说半个“不”字，吓得屁滚尿流地逃出总兵府。没有办法，只得变卖家产，典妻卖子，最后落得个妻离子散、穷困潦倒，才把桥建成。

新桥建成后，老百姓很高兴，总兵大人更得意，他着人在桥上张灯结彩，还杀猪宰羊放鞭炮，大闹三天之后，便又骑马进山，到寺庙的神井前，迫不及待地趴在井口上，要看看他的来生究竟有多么辉煌。

可他万万没有想到，只见井水里映出的是一头瘦得皮包骨头而且没有尾巴的老黄牛！

这下总兵急了，他一把抓住老和尚问道：“这、这是怎么回事？”

老和尚说：“你前生虽然只有一块床板供人过河，可对你来说已是倾其所有，而且你压根儿就没想到图报，那是全心全意地与人为善，自然会得到好报。如今你出资造桥，500 两银子不算少，可对你来说不过九牛一毛，远远比不上一块床板，而且你行善是假，图报是真。更严重的是，你还害得老石匠倾家荡产、妻离子散。你这不是行善，而是作恶。没有罚你下世做狗让你做牛，已算是非常宽容了。去吧，回家闭门思过，也许还有挽回的余地。阿弥陀佛！”

总兵回去后，马上派人找到老石匠，并花了许多银两帮他赎回妻子、儿女，为他重建家园。

做好这一切之后，总兵又第三次来到寺庙，把情况向住持和尚一说，并要求再看看来生。

老和尚陪他来到神井旁，打开井盖一看，里面还是一头牛，只是有了一条又粗又长的尾巴。

总兵大吃一惊：“怎么，我花了那么多银两，只买了一条牛尾巴？”

老和尚微微一笑说：“总兵大人，你别小看一条牛尾巴，这对大黄牛用处可大呢！可以用它摆来甩去，拍打牛虻和苍蝇，以解除皮肉之苦呀！”

总兵愣愣地站着，半天没说出一句话来。

（丁耀昆）

（题图：俞耀庭）

愤怒的火神

秦书记原本是东平县的副县长，前不久因分管的一家林场发生森林火灾，烧毁森林几千亩，被降职到湖东乡任党委书记。

俗话说，一朝被蛇咬，十年怕草绳。秦书记已被火搞怕了，上任的第一天，就把各村和有关单位的头头召集来宣布道："眼下秋高气爽，空气干燥，是火灾多发季节，现在全县上下都在抓森林防火工作，我乡是林业大乡，防火任务十分艰巨，从今天起务必在全乡范围内停止烧荒、炼山，严禁野外用火……"

真是越做法门越出鬼，秦书记的会刚开一半，忽听窗外有人敲着铜锣大喊："西郊火烧山啦，赶快救火，赶快救火！"原来一户农民烧秸秆跑火，把公路旁一片杉木幼林烧着了，由于久旱无雨，空气干燥，加之杉木幼林树冠矮、枯枝多，大火迅速蔓延，眨眼间就成了燎原之势。

秦书记一听到火烧山，吓得面如土色，赶忙叫来小车，让丁秘书带路，朝出事点赶去。

来到火灾现场，秦书记下车往公路旁一站，却被眼前的一幕惊呆了：只见扑火的队伍如蚂蚁搬家，有的坐三轮车，有的驾拖拉机，有的骑摩托车，有的一路小跑，从四面八方赶来，争先恐后地拥上山，打的打，扑的扑，不到半个时辰就把大火扑灭了。经林业部门现场勘测，着火面积不到2亩，只算火警，还不算火灾呢。

秦书记虚惊一场，长长舒了一口气，忽然眼睛一亮蹦出一个想法：这可是个提着罗盘没处找的典型呀！要是将这里的做法总结提炼成经验材料推出去，嘿，说不定还可以将功补过，因“火”得福，东山再起呢。秦书记于是对这里的防火工作感兴趣了，他把丁秘书叫来问道：“咱们乡森林防火工作是怎么抓的，一定有许多值得总结推广的地方吧？你先说说看。”

丁秘书嘿嘿一笑，说：“秦书记，我们的做法可独特啦！我带你去一个地方看一看，你一定大为惊喜。”

秦书记一听，更来劲了，把袖子一撸，说：“好，这就带我去！森林防火可是当前压倒一切的工作，刻不容缓呀！”说着把丁秘书叫上了小车。

小车三拐两转来到政府所在地，在村头一棵大樟树下停了下来，秦书记钻出小车抬眼往前望去，只见樟树下有座亭子，亭子内除了立一块石碑之外，并没有什么稀罕之处，心里有些不高兴了，虎着脸问道：“你这是什么意思呀？”

丁秘书笑了笑，走进亭子，拍了拍那块石碑，说：“秦书记，当地祖祖辈辈森林防火靠的就是这个呀。这可不是一般的石碑，它叫防火碑，是清朝康熙年间立的，距今已有三百多年历史了，用现在的话说叫‘防火公约’。据说‘防火碑’这三个字是村人请当时的县令题写的，碑文有18条，你看，第三条规定：发生火烧山，不论男女老少，有扑火能力的都要上山扑火……我们搞的是人海战术，所以也不用专门的扑火队伍。”

秦书记一听，两眼鼓得老大，说：“怎么，咱们乡没有成立扑火应急小分队？没有专门的扑火队伍那怎么行！俗话说水火无情，这火又没长眼睛，七老八少的都上山，万一有个三长两短的，这个责任谁来负？你们的防火经费是怎么用的，为什么不成立专门的队伍？”

丁秘书看秦书记着急，连忙解释道：“我们哪用什么防火经费呀，扑火用具——山耙、劈山刀、油锯什么的，都是群众自带的，扑火也不发工资。你看防火碑第六条规定得清清楚楚，凡是参加扑火的，不论大小每人可分得2块一斤重的粳米白粿饼，谁失火由谁出，从古至今雷打不动，所以不花公家一分钱。秦书记，你今天也算到现场指挥，按规定你也可以分二块白粿饼哪。”

“胡扯！”秦书记一听，大跳起来，“原来你们是这样搞防火的呀！都什么年代了还二斤白粿饼，白粿饼能值多少钱？再说了，要是破不了案找不到肇事者，或是遇到雷火，你找谁要白粿饼呀？哼！原来竟是个无防火队伍、无防火经费、无防火装备的‘三无’乡呀，这样的乡出了问题谁担当得起呀，你是分管林业的你想过没有？”

“这……这……”丁秘书被秦书记一连串连珠炮式的责问逼得答不上话来，支支吾吾好半天才凑上前去和着脸问道：“那……那你说该怎么办？”

秦书记也不说话，蹲在石阶上吸了好一会儿烟，猛然间把烟头一掐，站起身，硬邦邦地丢下四个字："重新包装！"说罢，径直钻进了小车。

"重新包装？"这是什么意思呀？丁秘书挠一挠头皮，又不敢多问，只好跟着秦书记坐上小车，打道回府了。

回到乡里，秦书记立即召开了党政两套班子会，成立了森林防火指挥部，自己亲自挂帅任总指挥，丁秘书任常务副总指挥；研究制定了防火费征收办法；同时招聘了四十人组成的防火应急小分队，并在政府一楼腾出两个大房间作为防火指挥部办公室和值班室……一切按照秦书记的工作方案紧锣密鼓地进行着。

湖东乡可是个林业大乡，每天运毛竹、木材、笋干、茶叶的车辆不计其数，秦书记的工作就是过硬，所有林、副产品进出都严格按照标准征收防火费，几个月下来，秦书记手头上的防火经费就达六位数——十万多元。

有钱好办事，秦书记大笔一挥，给指挥部添置了摩托车、风力灭火机、扑火钢刷等器材；给指挥部、应急分队有关人员配了手机、传呼机、服装、头盔、防火靴等装备。平时有事没事秦书记把应急分队拉出来，在乡政府门前广场吆喝吆喝，操练操练，嗬！一个个应急分队队员英姿飒爽，精神抖擞，令过往行人羡慕不已；节假日在馆子里聚一聚；年终评一评先进，表彰表彰……整个森林防火工作搞得有板有眼，有声有色，轰轰烈烈，风风火火，把个丁秘书佩服得五体投地。

转眼到了第二年秋季，又到了上下各级大张旗鼓抓森林防火的日子，而正好此时，县政府已任期届满，到时将要作重大的人事调整。秦书记认为该出手的时机到了，于是让丁秘书将一年来森林防火方面的做法加工成经验材料，往上级各有关部门、广播电视台等新闻单位寄去。

湖东乡的做法果然引起了上级有关部门的重视。这一天，秦书记正在办公室翻阅《防火简报》，丁秘书兴高采烈地跑进来说："秦书记，好消息，刚接到县委办的通知，市里决定本月17号在我们乡召开全市森林防火经验交流会，推广我们的经验啦！各县市分管领导，本县各乡镇书记、乡镇长、分管领导全部参加，有一百多人哪！"

秦书记高兴得蹦了起来："好！这正是我们期盼的，我们一定要通过这次会议好好展示展示！把这个会开好，开出水平！"

"可是……"丁秘书高兴之余又带几分焦虑地说，"眼下正是秋收农忙季节，交流会要观摩应急分队表演，我担心应急分队到不齐呀！"

秦书记眉头一皱，斩钉截铁地说："应急分队务必全部到齐，哪怕是请人顶替，也要给我顶上四十个！"

"那……还有……"丁秘书看了秦书记一眼，又支支吾吾想说什么。

"还有什么？"秦书记瞪大双眼问。

丁秘书叹了一口气，说："最近我听到一些风声，一些村民反映我们收防火费是乱收费，增加农民负担，要集体上访告我们状，我担心这个会……"

秦书记嘿嘿一笑，说："哼，这事早传到我耳朵里了，可根本就不当一回事。现在做啥事背后没人说长道短呀，怎么做到百分之百没意见？你这个人怎么关键的时候又怕这怕那的了，你要知道，我们的乌纱帽可不在那几个刁民的手上。我相信少数几个刁民也翻不了大浪，不过也不能马虎，会议一定要严密组织，该给派出所打个招呼的要打个招呼，绝对不允许一些人趁机扰乱会场。"秦书记翻一翻桌面上的台历，接着说，"时间紧迫，别前怕狼后怕虎的，还是全力以赴做好各项准备工作吧！"

于是丁秘书马上组织机关工作人员打扫环境卫生，布置大会会场，准备会议伙食，打印会议材料，书写欢迎标语……把整个机关干部都调动起来了。

这一天，湖东乡张灯结彩终于迎来了各县市一百多位领导，乡政府门前广场光小车就停了三十几部。

会议如期召开，根据日程安排，秦书记首先带领与会者参观了各种图表摆布整齐的防火办公室、值班室，然后把应急分队拉到野外，亲自点燃一堆草垛，进行扑火实战观摩演习；最后在雷鸣般的掌声中介绍森林防火经验……整个会议既开得隆重热烈，又非常顺利，根本没有出现丁秘书所担心的事。

乡领导讲话、强调，县市领导表态、发言，各项议程结束已到中午12点，秦书记看看时间不早，把手一挥，将与会者带进乡政府食堂进行最后一个“议程”——干杯。

大家杯来盏去正喝得高兴，也许是凑巧，由于应急分队扑火演习的火星没有灭干净，被风一吹，把乡林场的一片杉木林引着了。乡政府通信员送通知路过正好发现，匆匆忙忙跑来报告：“秦书记，不好啦，东郊林场火烧山啦！”

这一声喊，餐厅立即安静了，上百双眼睛全盯上了秦书记。要是一年前，秦书记听到火烧山非尿一裤裆不可，可是今天已鸟枪换大炮了，他非但不怕，反而暗自欣喜：正好可在县市领导面前展示展示我们的扑火水平，让他们开开眼界。

于是秦书记像个身经百战的指挥员，往啤酒箱上一站，拉开嗓门，说：“诸位，对不起，搅了大家的酒兴，看来只好暂停一下，请大家辛苦一趟，到现场指点指点，等灭了这场火后再喝了。关公温酒斩华雄，我们也来一个温酒灭大火，啊！”说完带着丁秘书抢先奔出了餐厅。

不一会儿，“呜——呜”乡政府六楼上空响起了刺耳的警报声，一辆墨绿色的三菱车——秦书记的指挥专座，随着警报声呼啸着冲出乡政府大门朝火焰升起的地方飞驰而去。

不到十分钟，来到火灾现场，秦书记双手叉腰往公路边一站，顿时傻了眼：一片杉木林正“嗤嗤”燃着大火，山上的柴草就像泼了汽油一样，一眨眼就连成了一条几十米长的火龙。往日那种人山人海的场面没有了，应急分队四十人，到山上的只有三十几人，尽管他们的扑火工具十分先进，可是人少火大，三十几人就像绒毛鸡碰到大头虫，不知从何下手，他们顾得了头却顾不上尾，扑得了东边却顾不了西边，无论他们怎样奋力扑救，也控制不了火势。

秦书记急坏了，赶忙拿起手机拨通了正在家组织人员的丁秘书：“人呢，应急分队还有人呢？”

丁秘书喘着粗气说：“四个中午喝醉了酒，三个外出打工，两个生病，上午顶替演习的五个四川民工，演习一结束领完工钱就走人了，其他该上山的都上山了！”

秦书记气得跺着脚直嚷：“还有群众呢，为什么看不到一个群众？”

丁秘书带着哭腔说：“他们不肯上山，正围着我提条件哪！”

“提什么条件？”

“要求取消征收防火费！”

秦书记一听，吓得“扑通”一声栽倒在地。

此刻大火已失去控制，满山遍野已成火海，即使群众赶来也已无济于事了。秦书记感到大势已去，呆呆地坐在地上，眼睁睁地看着大火任意肆虐，把三百多亩杉木林烧了个精光，直烧到防火隔离带，自熄自灭为止。

这时，丁秘书带着开会的几十部小车赶来了，秦书记目光呆滞地瘫坐在公路旁，他看了看身后黑乎乎正冒着余烟的一大片山场，再看一看正朝他走来的市县领导，不由自主地摸了摸头顶，心里想：这顶乌纱帽再往下撤，怕是要到村里去了。

（谢元清）

（题图：黄全昌）

老马迷途

老马从县长的官位上退下来以后，反差太大，闷在家里实在有点“蛟龙被困”的感觉。第二天，他便独自一人上街去散心。

自打进城以后，老马都是车迎车送，尤其搬进县委大院以后，独自步行出门还真是新娘子上轿——头一回。老马走着走着，麻烦来了，三两条街一过，老马就分不清东南西北，不知道回家的路在哪儿了。老马呆了，自己进城当公仆也不是一年两年了，居然迷了路，这哪好意思跟人说呢。

老马想了半天，只好叫出租车回家。虽说他没有花钱坐车的习惯，可今天也是迫不得已了。

他招了辆车，吩咐司机把他送到清风大街公仆楼8号。司机答应一声，开着小车，绕过一条街，穿过一条巷，很快就在一个临街的墙门前停了下来。老马付了钱，下车一看，咦，不对呀，这儿陌生得很，哪里是自己的家呀，他刚想问司机，那出租车却“吱溜”一下，逃也似的从他面前开走了。

老马跺着脚，连呼上当，心里骂道：现在的人个个都变成鬼精了，自己才退下来两天，连的士司机也来欺他。哼，这要是自己在位的时候，别说一个的士司机，就是火车司机怕也没这个胆儿呀!

老马自认晦气，嘴上边念叨边往前走，走不多远，感到双腿酸软，只好又拦了辆车。这次的司机也上了些年岁，长得慈眉善目的，不像刚才那个一脸滑头相。不一会儿，车停下来，司机说：“到了。”

这次老马多了个心眼，不急着下车，先打开车门探头一看：“不对，这不还是刚才下车的地方吗！”老马一见这墙门，气就不打一处来，拉下脸说，“你这位司机同志呀，我要到清风大街公仆楼8号，你咋又把我送到这鬼地方来了呢？”

司机见老马动气，觉得很受委屈，走出驾驶室，指着墙上的一块门牌说：“你这位师傅呀，怕是老花了眼吧，这不就是清风大街8号吗？”

老马不信，下了车，走近那块牌子仔细看了半天，还真是这样。这可邪门儿了！司机见老马没话说了，以为他自知理亏，钻进车子，一踩油门，开走了。

老马这下可迷糊了，明明不是自己家，为什么也是这个门牌号码呢？这事可要弄个明白。他绕着墙门转了两圈，也没看出个所以然，只好又往街上走去。

转了两个弯，他忽然远远望见了自己最熟悉不过的地方环球大酒店。一见这地方，老马就有些到了家的感觉。他的脚不由自主就往那儿走了过去，酒店门前停着十几辆小汽车，他的眼睛这么一扫，就认出了曾经与他寸步不离的那辆“宝马”，说来也巧，“宝马”里的司机这时一伸懒腰，也看见了老马，便笑嘻嘻地从车里爬出来招呼道：“老领导！”

老马像是遇到了救兵，忙把今天遇到的怪事一说，司机一拍胸脯：“老领导，没问题，反正新领导刚进去，一时半会儿出不来，我把你送回家去！”

这次老马坐在车里，打足了十二分的精神。以往他坐车，总是把窗帘拉得严严实实的，就怕被老百姓看到，拦住上访；今天却不同了，他要好好看看回家的路究竟怎么走。

只一会儿工夫，轻车熟路的宝马就把他驮回到刚才两次下车的地方，老马正纳闷儿呢，宝马却没有像出租车一样停下来，而是按常规，悄无声息地钻进了墙门，稳稳地停在铺着大红地毯的楼梯脚下。“到了，到了！”老马惊喜地叫了起来。眼前这个世界他最熟悉不过，每次他都是在这里上下车的。

司机朝他挥挥手，开着车走了。老马无奈地望着心爱的宝马缓缓驶出墙门，一股失落的酸楚袭上心头，他长叹一声：“唉，这往后的日子可怎么过呀……”

（纪　荣）

（题图：魏忠善）

神奇的百姓菇

李岭乡五保户王老汉家的土墙上长出了一朵怪蘑菇，才半个月光景，那东西就长成个脸盆那么大，而且油光发亮。

这下，可把村里人给惊动了，大家都争着来看稀奇，可看了半天，到底是啥菇，谁也说不准。有人提议去请二十里外的“蘑菇王”来看看：蘑菇王从小就是靠采卖蘑菇长大的，现今已是七十多岁的老头了，在这一带名气挺响，提起来谁都知道。

于是，王老汉就去把蘑菇王请了来。蘑菇王一见那菇就惊了一大跳，端详了好一阵，随后连声向王老汉道喜：“了不得啊，大伯，这是哪辈子积下的德呀，百年一遇的菇长到你家里来啦！”蘑菇王给大家介绍说，这菇名叫“人参菌”，是一种非常稀罕的滋补佳品，平时即使菌种落土也不容易长出来，可一旦出土，那就极具生命力，每次吃的时候，只须割下一小块就可以了。王老汉听得喜悦至极，在场的人也个个称奇。

人们七嘴八舌的当儿，蘑菇王又附着王老汉的耳朵，把这人参菌的吃法详详细细地给说了一遍。临走的时候，王老汉割下一块人参菌，硬要送给蘑菇王，蘑菇王推辞不过，只得收下。

这以后，王老汉天天早起就要吃一小块人参菇，不到半个月，就见他脸色红润，走起路来也特有劲儿，根本不像个“五保户”。这一来，王老汉走到哪里，等于把人参菌的活广告做到哪里，于是整个乡里都在传人参菌的故事，人们说王老汉无儿无女，这朵神菇是老天特意赐给他的。

李岭乡的乡长是个逢迎拍马的高手，人参菌的故事自然也传到了他的耳朵里，那天，他得知第二天上级领导要来检查工作，就特意派秘书上王老汉家。秘书摆着手对王老汉说："该你光荣一回，上级明天要来检查工作，乡长决定用你的人参菌给领导们补补身子。"

王老汉心里是一百个不乐意，可又不知该怎么拒绝，愣愣地站在那儿。

乡秘书看他木呆呆的样子，立马瞪眼道："怎么，给你机会也不要？人家争也争不来哩。我问你，做人总得讲点儿良心吧？你可别忘了，这些年你没饭吃的时候，是谁给你发的救济款？要不是乡里照顾你，你还能有今天？"

王老汉支支吾吾着，好一阵子，他才像回过神来似的，一边颤颤巍巍地去灶房提了把菜刀来，一边无可奈何地比画着说："唉，你们说光荣那就只好光荣了呗。”他忍痛用刀割下一半人参菌，挺不情愿地交给乡秘书。

“呸！”乡秘书没料到王老汉会留了一手，他气狠狠地唾了王老汉一口，“是你自个儿重要还是领导们重要？你这个人怎么这么没觉悟？”“叭”，他抢过菜刀，“嚓嚓”两下，就把那剩下的另一半人参菌也割走了。

宝贝送到乡长那里，可把乡长乐得：一想到明天上级领导吃了菌子，养好了身子，提了自己的位置，他浑身上下就轻飘飘起来。秘书顺势巴结说：“乡长，以后你高升了，可别忘了我呀。”

“那还用说？”乡长的脸都笑歪了。

第二天，上级领导来，吃饭的时候，乡长照例把领导们领进包厢，寒暄过后，一盆精心烹调的人参菌就被端上了桌。这帮入席的人平时可是闻香辨色惯了的，没等乡长介绍完，他们就把这盆神菇给吃了个一干二净。

村里人闻讯都来看热闹，也有不少挺同情王老汉的，便去他家好言相劝，叫他看开些算了。谁知劝解的话还只说了一半，就有人大笑着奔进门来，说是那帮饭局里的人吃了人参菌，现在一个个都抢着直往茅房里钻哩！

王老汉猛听乍一愣，再一想，嘿！他拍着脑袋直嚷嚷：“昨儿个那浑小子硬把我宝贝全抢了去，可把我气得，也忘了告诉他这东西该怎么吃。你们不知道，蘑菇王当初再三关照过我，这东西呀，非得蘸醋生吃才行。”

“活该！”村里人乐得拍手直叫，“这帮家伙，就该治治他们。”也有人说：“这人参菌呀，看来就是给咱老百姓吃的，咱们就叫它‘百姓菇’吧。”

这话也真被说准了：一个月不到，王老汉家的那朵百姓菇果真又奇迹般地长出来了，而且比原来的长得还要快还要大，或许是因为当时乡秘书是急着把人参菌割下来，没有连根拔的缘故吧。

（张　金）

（题图：魏忠善）

挂标语

办公室的高主任从局长那里出来，怀里抱着一团红彤彤的东西，大步流星走进办公室，招呼大家："都过来，都过来，开个会。"

办公室里坐着或站着的老宋、大张、小赵听到喊声都聚拢了过来。高主任把怀里的东西往桌子上一放，端起茶杯"咕咚咕咚"灌了两口，掏支烟拿出打火机"吧嗒"点上，看了一下众人，问："小陈呢？"

大张答道："去厕所了吧。"

"咱们要开紧急会，她还去厕所？"

高主任嘟囔道："小赵，你去喊喊她。"

小赵撇撇嘴："那是女厕所，我咋进？"

高主任挥挥手说："去厕所门口喊几声，不就好了？"

一会儿，小赵和小陈一前一后进了办公室。

高主任见人都齐了，敲敲桌子："咱们开一个会，是个紧急会啊。"

高主任把桌子上的东西打开，是一条标语，红布白字的标语，上面写着"治理污河水，造福全市人"十个字。高主任说："刚才局长布置了，在防汛的关键时期，让咱们办公室完成一个重要任务，去街上挂标语，挂在单位门口，市里今天下午要组织检查！"

众人一听是个出力活儿，一耷拉头，都不吭气了。

高主任说："当然了，挂标语是个体力活儿嘛，得爬高上梯、扯绳、钉钉、用铁丝拧……再说，也有一定的危险性，为同志们的安全考虑，谁参加，给谁办一份鸿运人身保险。"

大家眼睛一亮，摩拳擦掌都要去。小陈冲高主任飞个媚眼，晃晃自己的红色高跟鞋："高主任，光办保险可不行，穿这个鞋怎么上梯子呀？"

高主任说："那大家说说，穿什么鞋，只要是合理要求，在防汛这件事上花点钱也不是不可以的嘛！"

"买'耐克'运动鞋！"小陈眉飞色舞地说，"光有鞋了，还得有袜子呀，这样才搭配，就买'浪莎'吧，好不好？"

高主任想了一想，说："可以，大张，你记一下，一会儿上街采购，大家还有什么要求，再提提，物资供应是胜利的保障嘛。"

老来说："每人买顶太阳帽，买副手套，再配个好太阳镜……还有，我有恐高症，一上梯子就犯心脏病，就买点速效救心丸吧。"

小赵说："咱们科抽烟的人多，不抽烟怎么考虑问题，不考虑问题怎么能把标语挂好？买条中华烟……"

大张补充道："光抽烟也不中，要是挂标语时渴了饿了呢？在又渴又饿的状态下肯定干不好活儿，需要办点火腿肠、矿泉水……”

高主任弹弹香烟：“还有重要的一点大家没有提到啊，就是挂标语时有的人在梯子上，有的人在梯子下，也可以说有的人在天上，有的人在地下，这联系起来怎么方便呢？我建议，每人配一部手机，就买知名度较高的、彩屏的、能够上网的、能够拍照的那种吧……”

最后，挂标语所需物资清单出来了，高主任清清嗓子，郑重念了一遍：鸿运1000元人身保险1份，共5份（在高主任太太上班的太平洋保险公司办理）；太阳镜5架、太阳帽5顶、手套5副、速效救心丸5瓶（如不要此药，可折价购其他药物一瓶）；中华烟1条、王中王火腿肠1箱、娃哈哈矿泉水1箱（吃不完喝不完可兜着走）；摩托罗拉手机5部（挂标语时联系用）；麻将、扑克各一副（工作完后娱乐用）；中午伊香斋888元庆功宴一桌……以上费用预计16000元左右。

众人听后，都表示差不多了，如还需要啥再说。

大家买东西花了两个小时，半个小时挂好了标语，去饭店吃了一个半小时的饭。

第二天一上班，业务科的孙科长拿着一张发票找到高主任，让给签字报销。高主任接过一看，上头写着：“做防汛标语一条，50元……”

（刘国栋）

（题图：魏忠善）

贵妇人的皮箱

在一列国际列车上，一位贵妇人和一位男士在交谈，谈得很融洽。他们原来素不相识，是在车上结识的新朋友，虽然“友龄”还不足一天，但相互关照，相互帮助，已经像是一对老朋友了。

列车从巴黎开出，现在已渐渐接近边境。贵妇人从行李架上取下一只红色的皮箱，对男士说：“您愿意帮我个忙吗？”

男士说：“很高兴为您效劳，什么事？请说吧。”

贵妇人递过箱子，说：“前面这个边境站停车时间比较长，我要下车去发几封电报。为了安全，我想把这只箱子放在您的包厢里，最好和您的行李放在一起。”

男士接过箱子，问道："里面的东西很贵重吗？"

"不，都是些日常用品，女人出门带的东西总是比男人多。"她又凑近男士的耳朵，轻轻地说，"要是您愿意，别人问您时，您就说是您自己的。谢谢您。"

"不，应该谢谢您对我的信赖。"男士说完，拉起贵妇人的手吻了一下，然后拎着皮箱进了他自己的包厢。

火车很快进站停下，贵妇人下了车，径直向出口处走去，一个海关人员拦住她说："太太，请出示您的护照。"她打开手提包，取出护照，递了过去。

海关人员打开护照看了看，然后转过身去做了个手势，立即过来了一男一女两个人，其中一个女的对贵妇人说："对不起，请您跟我们走一趟，我们是警察。"说完，亮出了证件。

贵妇人心里猛地一惊，但强装镇定，耸耸肩膀说："我不明白，你们这是什么意思？"

警察将她带进一间小屋里，一位警长对她说："我们今天收到巴黎发来的一封电报，说您打算把巴伊大街一家银行最近被抢劫的一批珠宝偷运到国外去，因此我们不得不对您进行检查。您的行李呢？"

贵妇人说："我没有行李，我出门从来不带行李，就这么个手提包，你们爱检查就检查吧！"她气呼呼地将包往桌上一扔。

警长说："太太，您别激动，我们很快就会把事情查清的，现在我们已派人在列车上搜查。另外，由我们这位杜邦太太领您到里面房间里去，检查一下您身上的物品，请您不要介意。"

女警察把贵妇人带走了。

大约过了十分钟，女警察来报告说："我搜遍了她的全身，什么也没发现。”又过了五分钟，海关人员进来报告：“警长先生，我们对整个列车的角角落落都进行了搜查，没有发现任何可疑的手提箱。”

警察找不到任何证据，开车时间又马上要到，只得向贵妇人表示道歉，并送她上了车。

直到这时候，贵妇人那提起的心才放下，心里好不高兴：嘿，多险啊！好在自己多个心眼，闯过了难关……警察怕什么？个个都是蠢猪！她想着想着，差点笑出声来。

列车启动了，很快离开了边境车站。贵妇人这才离开座位，走进那位男士的包厢。男士见她进来，很有礼貌地站起来，把靠窗的位子让给了她。

男士敬上一支烟，给她点着，问道：“事情都办完啦？”

贵妇人笑笑说：“当然，事情完全和我预料的那样。警察居然来追查什么珠宝，笑话！哎，我那只皮箱呢？有没有人来检查过？”

“警察倒是来了两次，连沙发垫都翻过了。”

“太好了！我真该谢谢您，可不知您把它藏哪儿了呢？”

“太太，我没有藏它，只是在列车还没进站时，我就把箱子扔到窗外去了。”

“啊！”贵妇人这一惊非同小可，脸色一下子变得煞白，失声叫道，“我的上帝！箱子里那些东西……”

“太太别急，里面的东西我在扔箱子之前已经全都取出来了。”

“啊，是这样！那么这些东西呢？您放哪儿啦？”

“尊敬的太太，那可不是您的日用品，也不是换洗衣服，而是一批珠宝，怎么能带到国外去呢？所以，我托一位朋友带回巴黎去了。至于以后怎么处理，那就不必向您多说了，因为那些东西本来就不是您的。”

这下贵妇人气得差点晕过去，指着男人的鼻子骂道："你、你这个畜生！你……"

男士却平静地说："太太，您别激动，应该好好想一想，虽说您两手空空，但比起戴着手铐被押送回巴黎，不是要好得多吗？"

（原作：J·R·罗格勒；编译：黎 宇）

（题图：箭 中）

不肯见上帝的富翁

富翁丹尼尔都快 90 岁了，还没有一点儿要见上帝的意思，这可把他那两个孙子急坏了。

大孙子汤姆找小孙子博班商量："我们虽然都有自己的工厂，可老头子的那份家产太让人眼馋了，咱们能不能让他早点上天堂呢？"

博班一听，自己不也早就有这个心思吗，就接着汤姆的话说："那么，咱们就给他安一对天使的翅膀吧！"

老丹尼尔喜欢车，汤姆和博班就花重金买了一辆跑车，送给老头子，送去之前，他们把前车轮的螺丝都拧松了。

老丹尼尔自然不知道个中底细，接过车钥匙非常高兴，当天就开着车去海边兜风。结果在悬崖边上，前车轮飞了，跑车失控，翻进了海里。

汤姆和博班闻讯后喜滋滋赶到现场，探头一看，却见老头子正挂在半山腰一棵树上，看样子没伤着什么，精神十足，还朝两个孙子大喊大叫呢：“快去叫直升飞机来，把我接回去！”

眼看几万美元的跑车报废了，老头子只不过才闪了一下腰，汤姆和博班只好打掉牙吞进肚里。

两个星期之后，这两个孙子又使了个坏脑筋，他们知道老头子爱宠物，便又花钱买了一条德国狼狗，把它送给老头子。但是在送出去之前，这条狗被他们注射了一种药，表面看着挺好的，说不定什么时候就疯狂起来，能把人活活咬死。

老丹尼尔这回自然又是被蒙在鼓里，接到这个礼物开心得不得了，还特意在它脖子上套了条漂亮的铁链，这样可以时时把它牵在手里。

汤姆和博班给老头子送去了这条狗之后，就开始天天支起耳朵听动静。

这天晚上，只听老头子的卧室里人呼狗叫，乱作一团，汤姆和博班则躲在暗处眉开眼笑。

大约过了一刻钟，卧室里没了动静，两人估摸着老头子已经不能动弹，就一前一后赶过去。谁知推开房门一看，那条狼狗竟被老头子打死了，而老头子尽管手上有血，身上却是一点儿伤都没有。

天哪！汤姆和博班惊得目瞪口呆。两人再也不敢想什么鬼主意了，就悄悄去找律师柯特利先生，问问有什么办法，能让他们在老头子在世的时候就继承他的财产。

柯特利律师朝他们耸耸肩，说：“别做梦了，不要说是现在，就是以后丹尼尔先生闭了眼，你们也休想从他那里得到一分钱！”

“你说什么？”汤姆和博班怒气冲冲而又惊异万分。

柯特利律师平静地说：“因为他在80岁时曾经立过一份遗嘱，那上面说得清清楚楚：如果他死了，遗体由科研部门冷冻起来，直到有人研究出起死回生的药之后，他再重返世界。这期间，任何人都不得分割他的财产，而他则享有对孙子、玄孙子甚至玄玄孙子财产的继承权！”

姜毕竟还是老的辣！

（郭　朋）

（题图：李　加）

模仿天才

天才下岗

金城炼油厂有个青工名叫张忠，人聪明机灵，长得也帅。小伙子最大的能耐就是会说各地的方言，模仿各种人的声音。他模仿赵本山、黄宏、马三立，大伙听了都拍手叫绝，因而人送外号“模仿天才”。

这天午间工休，车间里工人们聚在一起，说说笑笑，打打闹闹。一个姓赵的师傅对张忠说：“小张，都说你是模仿天才，你模仿一下我，让大伙听听像不像。”

张忠走上前，拍拍赵师傅的脸，捏捏赵师傅的嘴巴，然后摇晃着脑袋说：“我可模仿不上。”大伙儿问为什么，张忠有板有眼地说道：“模仿声音，大有讲究，关键是要抓住声音的特点，越有特点的声音越好模仿，全国好多人模仿赵本山，因为赵本山东北口音很重，特点非常明显，好模仿。赵丽蓉是唐山口音，也好模仿。为什么赵忠祥没人模仿？因为他说的是字正腔圆的普通话，很难模仿。赵师傅，我说的这三位都是你们老赵家的人，你比较一下，就明白其中的奥妙了。”说罢，还向赵师傅耸了耸肩，逗得大伙哈哈大笑，都说："没想到你小子搞模仿还搞出这么大的学问来，那你说说，你能模仿咱们厂的谁？”

张忠想了想，说："咱们厂里，最好模仿的就数厂长吴天成了，他的山东口音很重，发声点靠前，声音还有点沙哑，就是咱们老百姓常说的小公鸭嗓子。我给你们学几句，你们听听像不像。”说着，张忠学起厂长的姿势，左手叉腰，挥舞着右手，作起了报告："同志们呀，嗯，咱们金城炼油厂如今面临着严重的生存危机啊，嗯，设备老化，原油涨价，产品合格率低，能耗降不下来，这些都是严重的问题呀……”张忠这番表演，逗得大伙儿笑得前仰后合，七嘴八舌地吵吵着。有的说，这不是吴厂长在全厂职工大会上的讲话吗？这小子怎么一字不差地背下来了；有的说，你要站在门外听，真还以为是吴厂长在咱们车间作大报告呢。

张忠一看表演效果这么好，更来劲了。他"噌”地跳上一个破木箱子，学着港台歌星的腔调："谢谢，谢谢，大家这样开心，我好喜欢啦，来一点掌声好不好啦？下面，我再给大家模仿一段……”突然，他发现工人们的笑声、掌声戛然而止，并且纷纷站立起来。张忠回头一看，只见厂长吴天成、厂办主任王永康，以及车间支部书记老李头不知什么时候已站在他的身后。

厂长吴天成，五十上下，个儿不高，精瘦精瘦的，毫无山东大汉的气宇，但他双眼射出的光，让人见了不寒而栗。此时，他板着脸，目光四下一扫，然后落在张忠的身上，冷冷地问："这个小伙子叫什么名字？"

老李头忙上前答道："这是我们车间的工人，叫张忠。"

"老李啊，你这劳动纪律是怎么抓的？车间里嘻嘻哈哈，瞎胡闹！还像个国有大企业的样子吗？这样的害群之马一定要严肃处理！王主任，这个工人立即下岗！"

王永康连忙点头哈腰说："好，我这就去办手续。"说罢，屁颠屁颠地跟在吴厂长后面出了车间。

三位领导走了，刚才还喜笑颜开的张忠，此刻就像被劈头浇了一桶凉水，被这从天而降的厄运打蒙了。他呆呆地站在原地，半天没醒过神来。

模仿厂长说了几句话就让下岗，张忠说什么也想不通。下午全车间的工友们围着老李头，一起给张忠说情，说小张平时工作踏实肯干，不就是午休时开了个玩笑吗，吴厂长也太小题大作了。

一伙人七嘴八舌，把本来对此事就憋了一肚子气的老李头逼急了，冲大家吼道："你们都给我嚷什么呀？是我叫他下岗的吗？"他颤抖着手指着张忠说，"张忠你小子也太大胆了，别人谁不好学，单单学厂长，你这不是找死吗？现在挽救的办法只有一条，你立马写一份深刻的检查，找吴厂长赔礼道歉，嘴要甜一点，好听的话多说一点，兴许还有挽回的余地，只要吴厂长一松口，我就豁上这张老脸去保你。"

张忠回到家，一夜没睡，写了一份十页长的检查，先把自己骂了个狗血喷头，然后表示要痛改前非，脱胎换骨。第二天早上，张忠拿着检查，来到厂部大楼，忐忑不安地走进吴天成的办公室。吴天成一见张忠，脸立马拉了二尺长。张忠努力在脸上挤出悔恨交加的表情，低声下气地说："吴厂长，您大人不记小人过，原谅我这次过错吧。我这个人，就是平时爱开个玩笑，爱出个洋相，嘻嘻哈哈惯了，其实我对您是非常尊重的，不信您可以问一问我们车间的李书记……”

“好了，好了，”吴天成打断张忠的话说，“你不要扯这些了，改革人事制度是企业发展的方向，不是一个人两个人的事情。我们厂有这么多下岗工人，又不是你一个人，你有什么想不通的？”接着，他再也不听张忠苦苦哀求，不耐烦地挥挥手，说，“我这里很忙，没有时间跟你啰唆，你赶快回去吧，到市劳动再就业中心报个名，别在这儿胡搅蛮缠了，你说到天开了也没用，快走快走。”说着就昂首迈步，出门走了。

张忠磨磨蹭蹭地跟在后面，见吴天成走远了，又不甘心地转身进了厂长室，垂头丧气地坐在沙发上。他想不能走，走了可就彻底告别金城炼油厂了。

坐了一会儿，写字台上的电话响起来，他不敢接，可那电话催命似的响个不停，听得叫人心烦意乱。张忠终于坐不住了，起身拿起了电话。

“喂，吴厂长吗？”张忠不敢出声，电话那边连续不断地问着，“喂，喂，你是吴厂长吗？”

张忠听出对方是青海口音。也叫鬼使神差，这时他那喜好模仿的天性不知怎么忽然发作了，他用吴天成的山东口音回答道：“我是吴天成，你是哪位？”

“吴厂长，你连我的声音都听不出来？我是马生海呀，我想问一问，那笔款子你怎么还没给我汇过来呀？”

“哪笔款子？”

“就是那两车原油的款子呗。”

张忠知道金城炼油厂加工的原油是从新疆、青海几个油田用火车运过来的。所以他随口回答：“这事你找财务科嘛。”

“吴厂长，你怎么打起官腔来了？这笔款子怎么能找财务科？你的那笔钱，我可是照你的吩咐汇到你外甥的账上了，不信你可以到银行查一查，咱们打交道这么多年了，我老马可是守信用的……”

张忠听得一头雾水，心里犯起嘀咕：买原油的款子不找财务科找谁？一笔什么钱，还要汇到厂长外甥的账上？

就在这时，张忠听到走廊那一头传来脚步声，他灵机一动，压低了声音，说：“我现在很忙，等一会儿我给你打过去。”说完就挂了电话，并看了电话上来电显示出来的手机号码，他默默地记下了。

吴天成推门进来，看见张忠，脸一板：“你怎么还没有走？”

“吴厂长，您听我解释一下，希望您能给我一个改正错误的机会，让我重新做人……”

“我没工夫听你说废话，你赶快走吧，哎，刚才我怎么听见你在我办公室里说话？”

“是的，是的，”张忠又开始发挥他即兴表演的天赋，“我看这墙上的条幅，书法特别漂亮，就读了读上面的字，”说着，就拿腔作调地念了起来，“大漠孤烟直，长河落日圆……”

吴天成发火了，手指着张忠的鼻子吼道：“你这个人是不是脑子有毛病？你给我出去，赶快回家念你的诗去，别在我这里捣乱了！”

张忠横了吴天成一眼，不情愿地出了厂长办公室，心情沉重地朝大街上走去。

发现蛀虫

张忠漫无目的地在大街上闲逛着，心想，看样子下岗是无可挽回了，今后靠什么生活，体弱多病的妈妈怎么办？这些现实问题摆在他面前，他耷拉个脑袋想着心事，突然想到刚才那个奇怪的电话，是不是吴天成在搗什么鬼，赚什么黑心钱？他又联想到近几年厂里情况越来越糟，下岗人员越来越多，小伙子来火了，他决心顺藤摸瓜，揭揭吴天成的底。

张忠脑子里构思好一个方案，就朝街旁的公用电话走去。他拨通了那个手机号，操起了吴天成的山东话："喂，马生海吗？我是吴天成。"

"哎呀，是吴厂长，你的电话终于过来了，手机一响，我拿起来一看，是一个没见过的号，我当是谁呢，原来是你，你在哪里打电话呀？"

"这你就别问了。"

"哈哈，是不是最近又挂了一个小娘儿们呀？有个陈晓燕还嫌不过瘾……"

听着电话那边粗俗的笑声，张忠真没想到平时一本正经的吴天成还有这一手！他学着吴天成训人的口气斥道："你少开这种低级庸俗的玩笑！"

"好，好，吴大厂长千万不要生气，咱们说正经事情，希望你把那两车油钱尽快给我汇过来，咱们一直合作得很愉快，我希望一如既往地合作下去。"

"钱，我会给你的，我考虑这件事由我外甥去和你面谈好一点。你见过我外甥没有？"

"吴厂长真会开玩笑，我上哪儿去见你外甥呀？我就知道你给了个账号，户名叫刘玉刚，你外甥是这名字吧？"

"是这名字。这样吧，你定个时间和地点，我让玉刚去见你。"

"搞这么复杂干什么？我看还是老办法好，账上走钱，安全可靠。"

"你懂什么？我这是要培养我的外甥，今后打算让他帮我干。"

“好吧，就听你的。今天晚上八点整，芳华歌舞厅，八号包厢，不见不散。”

张忠挂了电话，立马去理了发，吹了头，换了一身笔挺的西装，还特意买了一包中华烟装在身上。晚上八点，他准时来到芳华歌舞厅八号包厢。抬眼望去，只见包厢里坐着一个约莫五十多岁的黑胖子，尽管是西装革履，但也掩盖不住他满身的俗气。包厢里烛光摇曳，光线昏暗，茶几上摆了一些饮料、啤酒、水果之类的东西，还额外放着一瓶开了盖的名牌白酒和几碟下酒菜。黑胖子正在旁若无人地自斟自饮。

张忠上前，操着一口标准的普通话招呼道：“您是马生海老板吗？我叫刘玉刚。”

马生海放下酒盅，“噌”地立起，眯起眼睛把张忠上上下下打量个够，然后伸出双手紧攥住张忠的胳膊，使劲摇着，哈哈笑道：“你好，你好，小伙子，是你舅舅叫你来的吧？”他打了个酒嗝，说，“小伙子，精神得很嘛，难怪你舅舅要培养你。我一见你就喜欢上你了，缘分、缘分哟。”

张忠照着事先打好的腹稿开始说道：“我们老家原来在山东农村，家里穷得很，我舅舅上石油大学四年，全靠我母亲供养，所以舅舅对我也特别关照……马老板，我年轻，懂得少，请你多多指教。”

说到这儿，他见马生海又贪婪地端起酒盅，就决定灌醉这酒鬼，再套出他的真言。主意一定，他先对马生海奉承一番，接着连连劝酒，直到马生海说话舌头发硬时，就单刀直入问道：“这买原油的款子，为什么要从好几个渠道走呢？”

马老板喝了一大口酒，拍着张忠的肩膀嘟嘟哝哝地说：“小伙子，你，你还外行得厉害呢，你看我像个大款吧？可说得难听一点，其实也就是附在大油田上的寄生虫，唔，寄生虫。我雇上几个民工，把那河坝里、沟槽里的废油、渣油、沥青收拾收拾，再掺上些河、河水，装在油罐车里，卖、卖给你舅舅的炼油厂，得的钱三七分成。你舅舅三，我七。因为我得雇人，雇车皮，还得上上下下打点，成本可不低，所以得七。你舅舅坐在办公室里动动嘴皮子，干捞钱，得三。可你舅舅还尽给我出难题，两车油钱拖到现在都不给……”说到这，他自顾一口一口喝起酒来。

张忠肺都气炸了：难怪这么好的企业，效益就是上不去，原来厂长是个大蛀虫！用这样的原料炼油，能有好吗？他忍住气，又问："你们这么干，就不怕被人发现吗？就不怕把设备搞坏了？"

"傻孩子，十车原油里掺一两车假的，谁也看不出什么来。只要把关键人物收买好，该办的手续办齐全，这就是坐着收钱的买卖。至于说设备，你舅舅就是专家，他说搞不坏，那就搞不坏。再说了，搞坏搞不坏，那是公家的事，我一个油贩子，也管不了那么多。"

马生海说到这，眯起醉眼，朝张忠笑笑，说："怎么样？小伙子，要不要给你找个小姐玩一玩？"

张忠摇摇头，不屑地说："没兴趣，我得马上回去见我舅舅呢。"

马生海语无伦次地叮咛道："给你舅舅好好说一说，别太黑了……咱们买卖还要做……尽快把那笔钱给我汇过来……"

妥协求安

第二天，吴天成突然接到马生海的电话：吴厂长，你外甥昨天回去向你汇报了没有？昨晚我跟他在芳华歌舞厅谈得很不错，小伙子聪明得很，前途无量啊……"

吴天成一听就火了："你说什么鬼话？我外甥在哈尔滨上大学，几千公里之外呢，你见着鬼了吧？是不是又喝醉了？”

马生海一听也慌了：“不是你让我把钱汇到你外甥的账上的吗？钱可是早就过去了，会不会被人骗走？吴厂长，咱们打交道不是一年两年了，你可不能给我耍花招啊！”

“你放屁！我外甥在哈尔滨上大学，在当地办了个新身份证，老身份证扔在我家里，我就用它开了个账户。你打过来的钱我见到了，我不会赖你的账。你昨天晚上见到的到底是谁？”

马生海把前后经过给吴天成说了一遍，又问：“是不是咱们被公安盯上了？该不会是公安给咱下的套吧？也不对呀，电话里可千真万确是你在说话，公安还有这么大的神通？”

听他这么一说，吴天成终于明白是谁了。他断然说：“不会是公安，你不要一惊一乍的。我想起来了，一定是这小子！你听我说，这事由我来处理，你就不要再问了。那两车油钱我很快就给你划过去，管好你那张烂嘴，再不要贪喝马尿，胡说八道，有事我会给你打电话。”

吴天成放下电话，又急又恼，骂道：“他妈的，想不到这个小痞子给我惹出这么大的麻烦来，看来还得小心对付。”他想了很久，才拿定主意，叫秘书立即骑上摩托，去把张忠喊来。

张忠进了厂长办公室，一屁股坐进沙发，不吭不响望着吴天成。吴天成黑着脸，大口大口地抽烟，也不吭声，办公室里寂静得几乎听到心跳的声音。就这么沉默了好一阵子，吴天成终于开口了：“张忠，你是个聪明人，咱们就打开天窗说亮话吧，让你下岗的事，我做得是有点过了，可你想用这种偷鸡摸狗的手段来敲诈我，还嫩点儿呢。就凭你这么个毛头小子，想在我背后捅刀子，嘿嘿，我吴天成也不是吃素的，弄不好你可得吃不了兜着走。”他见张忠木讷讷望着自己，就挤出点笑容，语气和缓一些，说，“我看你这小伙子也挺能干的，要是你能痛改前非，听我的话，好好干，准少不了你的好处。”

张忠昨天回家想了一夜，这会儿听了吴天成的话，知道他是在威胁利诱自己，心里虽然很气愤，但他知道，吴天成说的也是实话。如今要扳倒一个贪官也不是一件容易的事，他一个小工人，自己要生活，老娘要赡养，如今是寄人屋檐下，不得不低头。于是，他只得挤出一句：“吴厂长，我听您的。”

吴天成笑道：“这就好嘛，看来你还算是个明白人。你明天就可以来上班，你还有什么条件，尽管提。”

张忠犹豫了好一阵子，才说：“吴厂长，要是条件许可的话，您把我调到厂工会来，当个干部，我不想在车间当工人了。”张忠之所以提出这样的条件，是因为他爱好文艺，特别爱好小品表演。他做梦也想当个工会宣传干部，以展示他的才华。

吴天成一听，暗暗笑了。他原以为张忠可能会漫天要价，敲他个十万二十万，没想到他提了这么个莫名其妙的要求。他当即表示：“这好办，你先去车间干活，工人转干，要等名额，一有名额我就给你转。只要你好好干，弄个正科级没什么问题。但你得保证，今后要听话，绝对不准学我说话。”

张忠回到车间上班了。大家都说，吴厂长这人还是有肚量，不计前嫌。张忠虽说有点愧疚，但转而一想，反正贪官污吏多得是，咱一个小工人也管不了那么多，还是实际一些，平平安安生活。有机会搞出一两个小品来，参加个什么汇演，得几次奖，过一过表演瘾，也算有了一点成就，何况工会的工作较清闲，又没有下岗的危机。这么一想，他决计把马老板的事彻底忘掉。

再捅蜂窝

可是没过多久的一天，张忠到厂办去找王永康主任批条子，远远看见吴厂长的办公室门前围了不少人。走近一看，只见厂长办公室的地上坐着三个白发苍苍的老工人。一打听，原来厂里的退休工人已经有三个月没领到工资了。坐在地上的这三位，都是当年厂里的老劳模，被退休工人推举为代表，来找厂长要工资的。

再看吴天成铁青着脸，不哼不哈，像老财似的靠在老板椅上抽烟。王永康在一旁狐假虎威地训人："喂喂，起来，起来，你们这是干什么？静坐示威吗？这影响有多坏？吴厂长为了咱们厂的发展，人累瘦了，心操碎了，你们知道吗？现在全国的国有企业都不景气，又不是咱们厂一家，这是客观条件造成的嘛。如今厂里有困难，你们都是老职工老同志了，不替厂里分忧解愁，却代表一部分落后势力来这里胡闹，真不像话。我们大家都应该自觉维护安定团结的局面嘛……"

张忠看着三位白发苍苍的老工人，心酸得差点流下泪来，心里骂道：吴天成，你这个王八蛋，这三位老师傅都是给咱们厂出过大力、流过大汗的人，当年光荣榜上年年有他们的照片。论年龄，他们都能给你当爹，三位老人坐在地上，你在老板椅上动都不动，你还是人吗？你赚黑心钱，养情妇，坐奔驰，老师傅们连吃饭的钱都没有了，你干的那些事，还有人味吗？我算是瞎了眼，竟然向你屈膝投降！老子今天豁出去了，这个工会干部也不当了，非把你的老底揭出来不可！

这时几个干部过来把三位老工人拉了起来，吴天成气呼呼地拂袖而去，办公室里乱糟糟的一片。张忠乘乱溜到写字台前，他决定还是从电话上下手。他调出了通话记录一看，吴天成今天打了24个电话，有外地的，有厂内的，其中有4个号码他没有见过。张忠默默地背诵了几遍，一出门就写在纸上。

张忠溜到街上，用公用电话打这4个号。第一个是桑拿中心；第二个，是小天鹅美食城；第三个拨通后，是一个娇滴滴的女人声音："喂，谁呀？"

张忠反应很快，学着吴天成的声音说："你听我是谁？"

"你不就老吴吗，还能是谁？有什么事吗？"

"没什么事，就是想你了，想跟你说说话。"

"哇！今天太阳从西边出来了，吴大厂长也会说这种酸溜溜的话了，是不是昨天晚上疯狂得还不够，今天意犹未尽呀？今天晚上还来吗？"

"我这儿挺忙的，完了再说吧。再见。"

"喂，别挂呀，吴大厂长，你答应给我买的钻戒什么时候兑现呀？"

"我什么时候答应过？"

"别耍赖，吴天成！就是那次广东老板方三辉请客时，你红口白牙说的。"

"我说过这话吗？我怎么一点印象都没有？"

那女人好像发火了："你别给我来这一套。我可不是好欺负的！当时你们商量，你用七折的价格把五万吨汽油卖给这个方三辉，方三辉在深圳给你买下了一套豪华别墅，你在酒桌上还说等你退下来后，就和我去住这套别墅呢。我就知道你这家伙靠不住，一只钻戒你都耍赖，我还指望和你过一辈子呢！你们这些贪官没一个好东西，告诉你，把我逼急了，我可什么都干得出来……"

张忠听到她说出的话惊呆了，五万吨汽油，七折，厂里损失可在两千万以上，够全厂工人发多少个月的工资？这时坐在地上的三位白发老工人的形象又浮现在他的眼前。他气得连那女人又唠叨了些什么，一句也没听清。

第二天，张忠托一个在电信局工作的同学查了一下这个号，地址是小西湖开发区的新建住宅楼。他又托人打听了一下，这套住宅，不下三十万。户主叫陈晓燕，是个能歌善舞，颇有姿色的女人，因嫌工作苦，辞职在家，经济来源不详。张忠对吴天成的真面目又多了一分了解。

黑手伸来

这天，又轮到张忠值夜班了。晚上电视里有个小品大奖赛，他想看看，就找同车间的小朱倒一下班。小朱是厂足球队队员，是个铁杆球迷。他挺高兴地说:“我也正想找一个人换班呢，明天礼拜四，有‘足球之夜’，瞌睡遇着枕头了，咱就一言为定，换了。”

第二天早上一上班，张忠远远看见四号油罐前围了一大群人。走近一打听，才知道昨天晚上出事了。小朱爬上四号罐罐顶抄仪表数据，当他爬到扶梯最上面的三个台阶时，那上面不知被谁抹了一层厚厚的黄油。小朱脚下一滑，从十米高的罐顶摔了下来。幸亏小朱是踢足球的，反应敏捷，他本能地抓了一下扶手，才顺着扶梯滚了下来，命算是保住了，但他的腰摔断了，可能落下终身残疾。

张忠吓出了一身冷汗。他心里明白，这次暗算显然是冲他来的，小朱不过是当了他的替罪羊，他认定这是他给陈晓燕打电话惹的祸。准是陈晓燕晚上问了吴天成，吴天成不用猜就知道这事是他干的。他细细想想，感到给陈晓燕打电话考虑欠周，然而事已至此，他和吴天成之间的妥协约定也就一风吹了。陈晓燕无意中吐露的黑幕，把他拖入一个危险的漩涡中，吴天成一定要置自己于死地。一只阴毒的黑手随时随地都可能向自己伸来，这次幸免于难，下次就未必有这么好的运气了。

他思前想后，决定先避避风头。下午他求一个认识的医生，给开了一张病假条，说自己患了急性肝炎，须住院治疗，托人送到车间里，然后他躲在家里，再也不敢出门了。

第二天，支部书记老李头领着同车间的几个工人来看望张忠。听到敲门声，张忠一骨碌钻进被子里，弄块湿毛巾捂在头上，脸上露出了痛苦的表情，然后叫他妈妈去开门，工友们进来，七嘴八舌，问他怎么不住在医院里？张忠只好说，医院里要住传染病房，他怕交叉感染，在家里打针吃药一样的。他谢谢大家来看他，并说他这病要传染的，希望以后大家就不要再来了。在工友们告辞时，张忠暗暗拉拉老李头的衣裳，冲他挤挤眼睛。老李头猜想张忠一定有话要单独对自己讲，就借故让工友们先回去，自己留了下来。

等到房间里就剩他们两人，张忠把这事的前前后后，来龙去脉，给老李头说了一遍。老李头顿时气得胡子翘起，激动得紧握住张忠的双手，过了好一会儿，才叹气说道："唉，我们几个老伙计没事的时候，凑在一起也聊过这事，总觉得这几年咱们厂有点儿不对劲，设备还是这些设备，工人还是这些工人，可效益却一年不如一年。但怀疑归怀疑，可找不着证据啊！今天总算让你把狐狸尾巴给逮住了。小张，没准儿你就是救咱们厂的英雄喽！"老李头顿了顿又说，"可你这么单打独斗，肯定不是他们的对手，而且要遭毒手！你赶快把你知道的情况详细地写出来，向上级反映，向省纪检委举报。"说完，老李头拿出笔来，写下省纪检委的地址，说，"我这就回厂去，就说你病重，住院了，你就放心在家养着。"

老李头走后，张忠用一天的时间，写了一份详尽的材料，用挂号寄往省纪检委。可是，过了半个月，没得到省纪检委的消息，却等来了吴天成的秘书送来一张打印的通知，上面写着：“查本厂工人张忠，无故旷工十五天，现予以除名。”

接到除名通知，张忠急了，然而更让他害怕的是，他妈妈告诉他，近来发现有陌生人幽灵般地在附近转悠。他警觉到吴天成的黑手伸来了。眼看快一个月了，省纪检委依然没有消息，他绝望了，不但扳倒吴天成没戏，看来自己的小命也难保了，不如领着老母亲，换个求生的地方。

峰回路转

就在张忠打算带母亲离开这座城市时，老李头匆匆赶来对张忠说：“小张，告诉你一个好消息，省委调查组进驻咱们厂了！调查组请你去一趟。”

张忠一听，“噌”地跳起来，激动得眼挂泪花，说：“终于盼到这一天了，没想到我一个小工人写的材料会引起省委的重视！”

老李头说，张忠的材料起了重要作用，但在此期间，老李头也没闲着，他悄悄串联了三十几位老工人，把厂里这几年的情况写了个材料，复印了十几份，寄给各级领导部门，这才引起上级的重视。

第二天开始，调查组就投入调查了，可是，他们花了很大的精力，查了金城炼油厂的账，账面上竟无懈可击。找相关人员核实张忠举报的材料，马生海等人更是坚决否认。而吴天成手下一批亲信、干将则纷纷找调查组，为吴天成评功摆好；吴天成的关系网也开始行动起来。不久，市里的一位副书记打电话给孙组长，希望调查工作尽快结束，不要损害作为本市经济支柱的炼油厂。

调查组陷入了尴尬境地，吴天成更是反守为攻，把调查组请到场宣布两项决定：第一,三十八位老工人因年龄过大，不能适应现代化企业的要求，从即日起退养，只领百分之三十的工资；第二，以诬陷罪向法院起诉张忠。令人惊诧的是，几天后，法院果真有一辆警车呼啸而至，把张忠带走了。

这天晚上，吴天成在酒店摆了一桌丰盛的酒席，招待调查组全体成员。酒过三巡，吴天成得意地站了起来，说："调查组的同志们这几天很辛苦，但各位的主要成绩是还了我吴天成的清白，处置了张忠这个工人队伍中的害群之马。我代表金城炼油厂的领导班子，再向各位敬一杯。"

调查组的同志们什么也没说，默默地把酒干了。喝到九点，吴天成说:"今天省里打来紧急电话，说有个重要会议要我参加，今晚就要出发。我得先走一步，不能奉陪各位尽兴了。"

这时孙组长说话了:"吴厂长，有件事还要请你帮忙，今晚我们要加班，把调查结果写一个材料，上报省委，你的办公室比较安静，所以想借用一下你的办公室，你看行吗？"

喝得满脸通红的吴天成哈哈笑道："这有什么不行的？尽管用，还需要什么，王主任给协调一下。"

孙组长说："就不麻烦王主任了。"

午夜十二点，一辆北京吉普驶到厂部大楼门前，车上下来几个人，进了厂长办公室，揿亮了灯，这几个人都是调查组成员，其中有个人是张忠。孙组长握着张忠的手说："小张同志，让你受委屈了！我们之所以要演这出苦肉计，一方面是麻痹我们的对手，另一方面也是为了你的安全。现在，你就照我说的方案打电话吧。"

张忠拨通了马生海的手机。话筒里传来马生海的声音："哟！是吴厂长啊，你怎么这么晚来电话呀？”

“事情紧急，马老板，就因为你胡说八道，给我惹了大麻烦。省委调查组正在调查我，你知道吗？”

“吴厂长，这我知道，调查组找我，还让那小子当面对质，我可是硬扛着什么也没说。”

“你别摆功！你这个蠢货，随便就被一个小兔崽子骗了。”

“吴厂长！那小兔崽子声音太像你了。哎，现在你是真老吴还是假老吴，我都吃不准。别又是冒充的吧！哈哈……”

“你长的是猪脑子啊？你看电话号码，那小兔崽子能用我办公室的电话跟你说话吗？小兔崽子已经被法院带走了，调查组也已经被我摆平了。我动用了上上下下的关系，可钱也花了一大笔。你明天给我送三十万过来。”

“吴厂长，你可太黑了，我一下拿不出来呀。”

“你别跟我哭穷！我倒台了，你也跟着戴手铐！我给你说清楚了，救我就是救你自己！”

“吴厂长，你也别吓唬我，这前前后后，光我孝敬你的钱就过一百八十万了……”

“有这么多吗？我印象中也就七八十万。”

“天地良心，这一笔一笔，我可都记了个数目呢。”

“你他妈的敢记我的黑账！算了，不说这些了，这几年，你也知道，我花销大。陈晓燕那小娘儿们花起钱来手脚大得很……”

“吴厂长，你就别叫穷了，咱们谁不知道谁呀？孝敬你的人又不是我一个，你们厂年年搞修建，工程全都包给了赵疤脖子，他孝敬你的比我少？”

“你听谁造的谣？”

“嘿嘿，天下没有不透风的墙，我还和赵疤脖子在酒桌上交流过孝敬吴大厂长的经验呢。”

孙组长向张忠递了个眼色，张忠知道该结束了：“算了，你不出拉倒！我另想办法。”

“喂，喂，吴厂长……”

张忠按断了电话，问孙组长：“这办法行吗？”

孙组长说：“我们已经录音了，根据我国法律，录音带也可以作为法律依据。现在你按预定方案，打第二个电话。”

张忠又拨通了陈晓燕的电话：“晓燕吗？我吴天成。最近我遇到麻烦了……”

“死鬼，半夜打电话就这事呀。我知道了，不就那个调查组吗，找我好几次了，我一口咬定买房子的钱是父母给的，表现还可以吧？”

“我不是说你，上次给你打电话的那个坏小子叫张忠，是他跟我过不去。你要做好最坏的打算，把有些牵扯到咱们的机密的东西尽快整理一下，明天或后天送到我这里来。”

“我这儿没什么机密呀？深圳那套别墅的房产证你又没给我。”

“你别老惦记着那套房子，房子迟早是你的。我说的是材料。”

“什么材料呀？你是不是指那个密码箱？那里面就装了些破账簿啊。”

张忠随机应变，答道：“就是它！你明天就给我送过来。”

“箱子我照你的交代，寄存在我乡下的姨妈家了。你是不是要逃跑啊？你不能把我扔下不管……”电话里陈晓燕哭出了声。

“别哭别哭，我不会扔下你的，我是要处理那些材料。”电话里还是哭声，张忠说，“明天你去把那箱子拿回来，下午我来取。”说完就挂了电话。

孙组长和其余几个人商量了一下，说："我看可以请示上级，对吴天成等人采取行动了。"

张忠问："吴天成不是上省城了吗？"

"那是我们用的调虎离山计，现在可以请示省纪检委，请他们在那边动手。"

第二天，调查组在陈晓燕家拿到了那个密码箱，顺藤摸瓜，把马生海、赵疤脖子什么的一网打尽。吴天成因贪污、受贿、渎职等罪被检察院起诉，落入了法网，张忠也回厂上班了。全厂职工都说，没想到这模仿天才还能为民除害，抓出一条大蛀虫，救活了一个厂！

（李滋民）

（题图：杨宏富）

嬉笑怒骂过后，却难分孰是孰非。

世间·颠倒记

shijian diandaoji

借信息

蚕花乡有个青年，叫陈阿龙，初中毕业回乡务农，几年来做做吃吃，吃吃做做，手头也没多少积蓄。最近他四处奔走，办妥了个体店的手续，可进货的资金还不够，于是想请表兄叶阿祥帮忙。

那天，陈阿龙起了个大早，匆匆进城去找表兄。一见面，阿龙当即叹了一通苦经，提出要向表哥借五百块钱。叶阿祥一听，眨了眨眼，爽快地一拍胸脯："你放心，谁叫我是你哥呢！"

陈阿龙喜出望外，刚想开口道谢，可谁知叶阿祥却话题一转，慢悠悠地说道："不过，你哥我这几天手头较紧，没钱呀。"

"这……"阿龙瞪大双眼，心凉了半截。叶阿祥见状哈哈一笑："别急。我既然说过帮忙，那就一定会帮忙。这样吧，我提供你一条信息。"

“信息？信息值几个钱？”

“傻瓜！现在是信息年代，信息就是金钱。表哥我就是靠这条信息致富的。”

“哦，真的？”

“当然是真的。”

阿龙兴奋地眨眨眼睛，急急催问：“那你快说，到底是条什么信息？”

叶阿祥拖过把椅子坐下，跷起了二郎腿，慢悠悠地点上了一支烟，从从容容地吐了几个烟圈，这才慢慢地对一旁抓耳弄腮的阿龙说道：“这信息可是我赚钱的命根子呀，轻易不透露。”

“我知道，表兄，我不会忘记你的。”

“说这话干什么呢，我们是亲戚，总好说的。不过……”

“不过什么？”阿龙更加急了。

叶阿祥朝阿龙瞟了一眼，轻轻地弹了弹烟灰：“阿龙，俗话说，亲兄弟，明算账，这信息费还是要收一点的。你是我表弟，我就象征性地收点。这样吧，就收你五十块钱。”

“五十块？”阿龙差点跳起来。

“五十块可是最优惠的价格喽，要不是看在亲戚分上，就是出我一百块我也不干！”

阿龙焦急地摊开双手：“可我没带钱呀，能先让我欠着吗？”

“这可不行。要么你押点什么东西。”

“这……”阿龙想了一下，取下手表递给表兄，“这行吗？”

叶阿祥接过手表，先看了看牌子，然后又拿到耳边听了一下，“这表顶多值三十块，看在亲戚面上，就算了吧。”说着将手表放进了自己口袋里，这才神秘地告诉阿龙：“告诉你：最近，这里外烟价格猛涨，而在临江市外烟却十分便宜，你只要去临江市跑上一趟，带上二十条烟就能稳赚四百元。嘿嘿，一个月跑上几趟，也就用不着开什么店了。哈哈……”

“这、这办法真行？”

“当然行！”

“那真太感谢你了。”阿龙高兴地谢过表兄，匆匆赶回家去。

半个月后，陈阿龙又来找表兄了。一见面，阿龙就笑盈盈地说：“表哥，我今天可是特地来找你的。”

“哦，有事？上次给你的信息灵吗？”

“嘿，我就是为那信息来的，为了表达对你的感谢，今天我特地来向你提供一条特大信息。”

“哦？”一听到信息，叶阿祥的双眼都眯成了一条线，他赶紧让座、递烟、泡茶，显得十二分的亲热。“我说阿龙，你得到了什么信息？能赚多少钱？”

阿龙耸耸肩胛：“嗨，这信息可不得了呀，它难以用多少钱来形容。”

“哦！”叶阿祥惊讶得张开了嘴巴，“是什么信息，你快说呀。”

阿龙神秘地朝表兄笑笑，搁起了二郎腿，茶喝喝，烟抽抽，慢吞吞地说：“我这信息可是我的命根子呀，轻易哪肯透露。”

叶阿祥一愣，眉头一皱，哦，明白了。转身去房内拿来一块手表，“哎呀兄弟呀，咱们谁对谁呀，上次表哥是和你玩玩的。喏，手表还你。”

陈阿龙微笑着接过手表，仔细看了一眼，又放到耳边听听，最后才戴到手上，然后一本正经地说：“表哥，我们虽然是亲戚，但亲兄弟，明算账，这信息费还是要收一点的。”

“什么，要收信息费？我手表都还你了呀，还要收什么费呀。”

“不。”阿龙摇摇头，“我这条信息非同小可，你若有了它，嘿，那可足足受用一辈子了。”

“哦？”阿祥来劲了，“到底是什么信息？你先说信息。”

“不，你先得付信息费。你是我表哥，我就象征性地收点，这样吧，就收你两百块钱。”

“这么贵？”

“还贵？这可是最最优惠的价格喽。要不看在你是我表哥的分上，就是出我五百块我也不干！”

阿祥考虑再三，牙一咬：“两百块就两百块，给你。”说着，摸出两张大票子递给了阿龙。“这下满意了吧。快说吧，什么信息？”

“别急。”阿龙拿起钱，小心地放进口袋，这才摸出张纸条递给了阿祥，“自己看吧，上面都写着呢。”

阿祥一看，当即变了脸：“啊，罚款单！”

“是呀，我听你的话去倒卖香烟，被罚了两百块钱，所以特地把这信息告诉你，你可不要再走这条路了，否则，等着你的就是它——罚款！”

（丰国需）

（题图：蔡传生）

“石秤砣”跳河

老牛师傅确确实实是机修厂的“开国元勋”。想当年，一座台钳，三把榔头，五个人，开办了这家厂，其中就有老牛。一晃三十多年，厂子越办越大，厂长换了一个又一个，老牛师傅也从年轻小伙子变成了年近花甲的老头子了。

这天，老牛师傅到餐厅里找水喝，正好碰上厂长在请客，七八个人围坐一桌，吆五喝六地，吃得正来劲。老牛师傅心想：好啊，我们工人日夜苦干，连水都喝不舒畅，可你却三天一小宴，五天一大宴，喝得红头赤脸，把我们辛辛苦苦创建起来的家当都喝穷了。老牛师傅一生气，就走上前去,拎起一瓶“雪碧”,拧开盖子,“咚咚咚”往自己杯里倒了一杯，然后在凳子上坐下来，慢慢地喝开了。

厂长见他自说自话地倒“雪碧”，早就心里不舒服了，现在见他又大模大样坐下来，就更火了，走到他面前，说:“你这是干什么？这么大年纪，怎么连点礼貌都不懂！”

老牛师傅一听，两只眼睛瞪得老大，没好气地说：“告诉你，我是这个厂的工人！厂里的东西，你能喝，我喝不得？你能坐，我坐不得？我今天就是要坐在这里喝个够！”说着，又抓起“雪碧”瓶子要倒。

厂长一把夺过瓶子，说道:“国有国法，厂有厂规，今天我厂长说了算，就是不准你喝！”说完，他顺手夺过老牛手里那只搪瓷杯子，一挥手扔出了餐厅，吼道，“你给我出去，不然我就叫人来把你赶走！”

老牛师傅哪里受得了这样的气，一阵咳嗽，两眼一白，当即昏倒在地。厂长见了不但不急，反而说：“你别装死，吓不倒我。”说完回到餐桌上，举起杯子说，“来来来，我们喝！”幸亏工人得到消息后赶来，七手八脚地将老牛师傅送进了医院。

老牛师傅住了三天医院，心里憋得难受，就要求出院。医生觉得他没啥大毛病，也就同意了，但认为他年老体弱，怕路上不便，就打了个电话到厂里，叫人开车来接他。

不一会儿，厂里的轿车果然开到医院门口停了下来。老牛师傅连忙走上前去，谁知车门一开，走下车来的竟是厂长。厂长朝老牛师傅看看，说:“我是送老婆来看病的，接着还有事情，你还是乘公共汽车回去吧。”说完，扶着老婆进医院去了。

这一下，老牛师傅气得脸色铁青，浑身发抖，心里骂道：老子进厂的时候，你还穿开裆裤呢，你抖什么威风！老子睁着眼睛看你的下场！他一气之下，招招手，叫了辆出租车，回厂去了。

车子很快开到厂门口，老牛师傅对司机说：“你给我放慢速度，慢得就像散步那样，开着车子在厂内兜三圈，车费由你算。”

司机觉得奇怪：这老头儿怎么啦？但还是将车子缓缓地开进厂里，慢慢地兜起了圈子。老牛师傅把脑袋和右手伸出窗外，见人就挥手打招呼，弄得厂里的人一个个惊呼不已：“哎唷唷，今天牛老头怎么开起洋荤来啦？”

出租车在厂区足足兜了三圈，司机一算，递过发票说：“一共 176 元，付钱吧。”

老牛师傅一惊：“啊，要这么多钱？”再一摸口袋，坏了，自己身边总共只有 56 元 3 角。这可怎么办呢？他灵机一动，对司机说：“请你稍等片刻。”接过发票，直奔厂长办公室。

正巧，厂长送老婆看好医生，已经回来了，老牛师傅把发票往厂长面前一放，说：“你签个字，报销。”

厂长朝发票瞥了一眼，说道：“我说老牛，你是生病吃错药了吧？坐出租汽车到厂里报销，你想得倒美呀，你是几级干部？”

老牛师傅也来了火：“我问你，你老婆是几级干部？她去医院可用小车送，我出医院就不能坐出租汽车？你把这道理讲讲清楚。”

厂长一拍桌子，说：“我没时间跟你说道理，告诉你，不但车费不能报，连你这次住院的医药费能不能报，都还得考虑考虑！”

老牛师傅知道胳膊拧不过大腿，只得借钱付了车费。事后他越想越气，请人写了封控告信。信寄出后，他来到厂部后面的那座桥上，牙一咬，就跳了下去。

说来也真怪，他这见水就沉的“石秤砣”，今天却像穿了救生衣似的，老是浮在水面上，任他怎么扑腾，就是不往下沉。事情被厂里的工人知道了，许多人赶来，将他拖上岸，送他回到宿舍里，给他换了衣裤，还煮了姜汤让他喝下。他们劝慰了老牛师傅一番以后，就都上班去了。

老牛师傅躺在被窝里，觉得很疲劳，刚闭上眼睛想睡觉，门被推开了，厂长跑了进来，说道："怎么，想用自杀来威吓人是吗？告诉你，这种事我见得多了。我劝你别自作自受，还是老实一点的好。"说完"砰"地拉上门，走了。

这一来，把老牛师傅的气又激起来了。他左思右想，觉得以后的日子没法过了，还是死了干净，迟早总要死，晚死不如早死。但仔细一想，刚才跳到水里为啥不沉呢？噢，一定是衣服穿得太多的缘故。他想到这里，一骨碌下了床，脱得只穿一条短裤，冲出宿舍，直奔厂后面那座桥，"扑通"一声又跳进了水里。

他这一跳，又被人发现了，一声吆喝，"哗"一下来了许多人。可人们一看，怪了，只见老牛师傅钻下去又浮上来，又钻下去，又浮上来，好像鸭子在觅食。几个小伙子怕出事故，急忙跳进水里，将他拉上岸来，对他说："老牛师傅，你今天玩水玩上瘾啦，怎么老往河里跳？你这是何苦呀！"

还有的人连忙脱下衣服给他披上，说："老牛啊，人活在世上，受气是难免的，你要想得开一点才是呀。"

老牛师傅苦笑了一下，说："看来想死也不容易，我从小不会游泳，可是连跳两次都不沉，看来我老牛还有特异功能呢。"

就在这时，跑来一个小伙子，喊道："老牛师傅，告诉你一个特大喜讯，我们那个厂长贪污受贿好几万，刚才被戴上手铐抓走啦！"

老牛师傅一把抓住小伙子的手，问道："这是真的？"

"当然是真的，我早就说过，在我们这个国家里，共产党总会为老百姓讲话的！”

老牛师傅一听哈哈大笑，说："对、对！是这么个理。我老牛不死了，我要好好活着，亲眼看看蛀虫厂长的下场！”他一阵高兴，竟手舞足蹈地扭起了秧歌舞。扭了一阵以后，又跑到桥上，说，“现在请你们欣赏一下我老牛的特异功能。”说完“扑通”一声跳进了水里。

谁知这一下去竟一沉到底，一分钟、两分钟过去了，人们只见气泡泡，却不见他浮上来。等大家发觉事情不妙，才纷纷下水去救，摸过来摸过去，摸了好长时间才摸到，拖上岸来一看，老牛师傅早已气绝身亡，无法抢救了。

老牛师傅死了，死得很冤，也很不值得。对于他想死死不了、不想死时偏死掉的原因，人们更是百思不得其解。

时过数月，终于有人得出结论，说问题全在“气”上。前两次，因为老牛师傅憋着一肚子气，所以落水就浮；第三次，他听说厂长被抓走了，一肚子气全消了，落水当然就沉。这样的推理，似乎也顺理成章，至于科学性如何，那就不得而知了。

（干校明）

（题图：黄阿忠）

一票否决

横河乡这天收到县政府发来的红头文件。文件说，为了加大殡葬改革的力度，根据近几年的人口死亡率，本县要将今年的火化指标落实到各个乡镇，并规定：凡达到火化指标的，奖励乡镇长三千元；完不成任务者，年终评选先进乡镇时“一票否决”。

显然，这个文件有点荒唐，偏偏碰上个糊涂乡长，不管三七二十一，将分配给本乡的二十个火化指标平均分摊到十个行政村，每村两个。

指标到了村里，村干部们有笑的，有叫的，也有跳的，好不热闹！其中最着急的要数月亮湾的村委主任老杨了。

月亮湾自从老杨当选村委主任六年来，年年评上先进，前年又跨进了小康村的行列。如今下来个“火化指标”，这不是个有劲使不上的难题吗？谁都知道，死不死人并不是哪个说了算，既无法动员，又不能鼓励，只能听天由命。要是一年不死人，又来个“一票否决”，那今年的先进牌子不就“飞”啦?!

幸亏五一节那天，杨老五儿子结婚，他一高兴多喝了几杯酒，半夜里脑溢血归了天，总算给村里完成了一个火化指标。还有一个指标本来寄希望于五保老人韩家全，因为去年下半年他得病时，医生就给他下了“死刑缓期一年”的判决，可他不但不死，今年下半年反而一天天好起来了。不用说，靠他完成指标是靠不住了。眼看元旦就要到了，全村竟没有一个人有马上就要死的迹象，这可把村委杨主任急得像热锅上的蚂蚁——团团转。

杨主任是个荣誉感极强的人，他知道月亮湾样样工作都跑在前面，先进牌子是稳捧的，哪甘心因一个火化指标而被“一票否决”！他左思右想，觉得时间紧迫，不能再等了，必须主动出击! 于是他便找到村里的会计说：“哎，人家都叫你‘鬼点子’，说你主意多，神通大，现在我要你在三天之内找到一个死人，跟死者家属商量好，由我们出钱火化，只要将火化单给月亮湾抵任务就行。”

“鬼点子”听完连连摇头：“不行不行，县里下了火化指标，各个乡镇都在狠抓完成，死尸一下成了紧俏货，谁肯把火化单让给别人? 这条路绝对走不通。”

杨主任挠着头皮说：“为了保住我们村的荣誉，你总得想个办法呀! 在这节骨眼上，你这‘鬼点子’不拿出点子来还行? ”

“鬼点子”确实点子多，两眼一眨，说道:“村长放心，这事我有办法。”

“好啊! 啥办法? ”

“你给五百块钱，我保证办好。”

“你去火葬场开后门搞假火化单? ”

“不行，虽说那里我有熟人，但头儿管得很严，后门难开。”

“那你还有啥办法？”

经不住杨主任再三追问，“鬼点子”终于说：“村长，我的办法很简单。刚才我路过韩大友家门口，看见他家那只大狼狗死了，我们不妨花点钱将它买来，经过伪装，拉到火葬场去火化，不就解决问题了吗？”

杨主任一惊：“到了火葬场不会露馅？”

“不会，我有个铁哥们在火葬场当焚尸工，只要送两条烟给他，求他开只眼闭只眼，将狗送进炉子就万事大吉。”

杨主任知道这样弄虚作假不对，但一时又想不出更好的办法。又一想，万一露馅了也没啥了不起，反正是逼出来的。要说错，下达火化指标先错，我弄虚作假后错。于是他当即掏出一叠钱给了“鬼点子”，说：“那好，这事就拜托你了。”

“鬼点子”立即行动，买来了死狼狗，又下了很大的功夫将狗装扮成人，然后盖上了白被单。他忙活了整整一个晚上，觉得没有破绽了，这才草草吃了点早饭，便直奔乡政府开火化证明去了。

他来到乡政府办公室，说明了来意。文书问他：死者姓啥叫啥？是男是女？年龄多大？怎么死的？对于性别、年龄、死因都好办，唯有这姓名有点麻烦。但“鬼点子”毕竟点子多，眼睛一眨说出“韩家犬”三个字。“犬”就是狗，而且是从韩大友家买来的，不是韩家犬吗？但文书将“犬”听成“全”，就顺手写成了“韩家全”。

“鬼点子”拿了证明，又马不停蹄地去了火葬场，用两条烟捅开了铁哥们的路子，并商定傍晚时将狗尸运到火葬场。他办完这一切，已经时过中午，草草吃了碗面条，便赶回来了。可他万万没有想到，就因为到乡政府开证明开出了个大问题。

原来“鬼点子”拿了证明前脚刚离开乡政府，乡长后脚就来到办公室，向文书了解火化指标完成情况。文书说："本来还差两个，多亏前天有个男人因夫妻吵架自杀身亡，今天月亮湾又死了个七十九岁的五保老人韩家全，现在任务已经完成，你可以放心了。"

乡长一听，惊得差点跳起来。你猜为什么？原来月亮湾的这个韩家全，与现任汪副县长有特殊的关系。那还是60年代，汪副县长的父亲在月亮湾下队工作时被毒蛇咬伤，危在旦夕，多亏韩家全用草药搭救才转危为安。救命之恩，终生难忘，汪副县长的父亲在临终时再三叮嘱儿子莫忘此事。汪副县长也曾多次问起韩家全的情况，并托乡长代为关照。如今老人去世，当然应该向汪副县长通报一下，于是就打了个电话向汪副县长报丧。谁想汪副县长接到电话之后，当即表示要来月亮湾吊丧。乡长又急忙打电话告诉月亮湾的杨主任，要他马上布置好韩家全老人的灵堂，作好接待汪副县长的一切准备。

这下全都乱了套，不知汪副县长一到，还会捅出什么娄子来呢。但事情到了这一步，既刹不了车，也转不了弯，只得硬着头皮把戏演下去。杨主任说："纸包不住火，做假终究要露馅。我倒不怕汪副县长，因为我们做假是他们那不科学的火化指标逼出来的，他知道了更好。问题是我们借用了韩家全的名字，老人若知道了，那对他是很大的伤害。因此灵堂要离村远一点，放到茶厂里去，不挂横幅，不摆花圈，绝对不能在灵堂里出现韩家全的名字。到时间汪副县长若批评我们不隆重，我们就说村规民约里有一条：红白喜事一律从简，不得大操大办。"

按照杨主任的指示，"鬼点子"立即叫了几个人帮忙，偷偷布置起灵堂来了。

下午三点刚过，汪副县长在乡长的陪同下来到了月亮湾。前面一辆轿车，后面一辆工具车，工具车上装着个大花圈。车子在村口停了下来，可是这一停却停出问题来了。

村里一见来了小汽车，知道来的不是干部也是大款，而且车上还装着个大花圈，这就证明村里死了人，而且死的还不是一般的人。那么，究竟是谁不声不响地死了呢？为了弄清真相，大家都拥去看花圈，一看才知道是韩家全死了。

人多口杂，消息一下子在村里传开，而且很快传到了韩家全的耳朵里。老人一听愣了，心想，我活得好好的，怎么说我死了呢？他决定要弄个明白，于是急匆匆找到茶厂里。

茶厂门外围着许多人，正在议论纷纷。大伙一见韩家全就说："韩老爹，快进去看看，县长正向您老人家致哀呢。"

韩家全骂道："哪个狗日的想咒我死呀？"说着进了茶厂，抬头一望，果然躺着一具白布盖着的尸体，尸体前面放着个大花圈，上面写着"韩家全老爹千古"七个大字。他顿时怒火中烧，顺手操起根木棍，上去几棍子将花圈砸了个稀巴烂。他还不解气，又一把撕去了盖尸体的白被单，原来被单下面是只经过精心伪装的死狗！

事情到此真相大白，乡长和汪副县长拂袖而去，村委杨主任又是检讨又是道歉，做了韩家全两天工作，才将他的怒火平息。接下来杨主任又写好了检讨书，等待处分。他等啊等，等了足足十天，才等来了一个红头文件，县里决定：取消火化指标。

火化指标虽然取消，"一票否决"也已作废，但月亮湾的先进还是没有评上。原因很简单，因为他们弄虚作假。

（刘庆汉）

（题图：箭　中）

阎王公断

杨三因犯故意杀人罪被判处死刑，押赴刑场执行枪决。随着一声枪响，他觉得整个身子像风筝似的晃晃悠悠飘了起来。

他飘啊飘，飘到了阴曹地府。这鬼地方他从没来过，觉得挺生疏，正在东张西望，突然冲出两个青面獠牙的小鬼，用绳子往他脖子上一套，拉起就走。

杨三双手抓住绳子，喊道："哎哎，你们要干什么？"一个小鬼说："干什么？你在阳间犯下了弥天大罪，现在送你去下油锅！"

杨三一听，吓得一下子瘫倒在地，连忙磕头求饶："你们听我说，我本来就死得冤枉，你们不为我申冤，反要我去下油锅，这不是欺侮老实人吗？还请两位兄弟高抬贵手，放我一马吧……"说着放声大哭。

两个小鬼都不吃这一套，说了声“别啰唆”，又拽着绳子要拉他走。杨三死死赖着不走，还大声喊叫：“冤枉，冤枉啊……”

他这一叫，惊动了正在批阅卷宗的阎王，当即下令将杨三押进大堂，喝令跪下，问：“你哇啦哇啦喊什么喊？”

“大老爷，我冤枉哪！”

阎王眼一瞪：“你杀人抢劫，罪该万死，有啥冤枉？”

“大老爷，您只知其一，不知其二，表面上看，是我杀死了出租车司机刘五，其实是他害了我呀！”

阎王听了暗暗吃惊。为啥？因为这刘五不是别人，正是他现在的小车司机。

如今的阴曹地府也已进入了高科技时代，判官以上的官员都配了大哥大和小轿车。这个刘五是半年前来到阴间的，当时考虑到他在阳间无辜遭人杀害，经过考察，开车技术也不错，于是，阎王就安排他为自己开小车。可现在杀人犯说是受被杀的人所害，难道内中另有蹊跷？这可不能马虎，定要查个水落石出。

阎王这样一想之后，当即拨了个电话，让刘五马上到堂。没过几分钟，刘五急匆匆赶到，问阎王：“老爷，您要用车？”

“不，”阎王指着杨三说，“这个人你认识吗？”

刘五抬眼一望，见是杨三，那真是仇人相见，分外眼红，顿时怒从胸中起，扑上去要打。

阎王喝道：“公堂之上，只准动口，不得动手！告诉你，刚才杨三告你，说他遭到枪毙是你所害。究竟是他杀你，还是你害他？你说！”

刘五一听，气得两眼冒火：“老爷，您别听他胡说，他是恶人先告状，血口喷人！”

杨三也不退让："大老爷，您千万别听他的，我说的句句是真，没有半句假话！"

"老爷，您听我说……"

"大老爷，我……"

阎王桌子一拍："都给我住嘴，谁是谁非，不凭喉咙响，我一测试就完全明白。刘五，你到那台电脑前面的椅子上坐好。"

你别说，现在阴间的高科技水平确实是够先进的。刘五一坐下，一个小鬼就拉出根电线，将电线上的两个圆圆的薄片，分别贴到刘五左右两边的太阳穴上。不一会儿，电脑荧光屏上便和放电视一样，出现了如下的图像：

这天深夜，刘五开着出租车在市区兜圈子招客，突然，杨三挥手拦下了车子。刘五问："去哪儿？"

杨三说："随便，兜兜风。"

车子在杨三的指示下，穿过闹市，通过大桥，绕过经济开发区，来到了郊区。

杨三说："好，停车。"当刘五一踩刹车将车停下时，杨三猛地用一截电线勒住了刘五的脖子。

刘五似乎有所防备，一伸手抓住了电线，于是两人就展开了你死我活的搏斗。他们从车上打到车下，翻过来覆过去，一会儿你压住我，一会儿我掐住你，打了个昏天黑地，却谁也制服不了谁。

突然，不远处传来几个人一齐唱歌的声音，这使两个人都吃了一惊，马上停止了搏斗。杨三心里想：要是他来个大声呼救，我岂不束手就擒，三十六计走为上，还是趁早跑。谁知他刚从地上爬起来，刘五不但没有呼救，反而说："你要钱我给，只求你饶我一命。"说完，便解口袋掏钱。

杨三先是一愣，接着又笑了笑，说："好，不打不相识，就算我们开了次玩笑，从今以后你我就是朋友，我也不要你的钱，只要你用车送我到原来上车的地方，你就开车走人。"刘五连连点头称好。于是，两人就像亲兄弟似的走到轿车跟前。可就在刘五往车子里钻的时候，杨三一把抱住他，举起匕首狠狠地扎进了他的胸膛，结果了他的性命。

阎王说："杨三，你看见了吗？这可是事实？"

"是事实。"

"那你为什么还要大喊冤枉？"

"大老爷，您想过没有？当我们两人在地上翻滚时，不远处传来好几个人唱歌的声音，当时如果刘五大喊救命，会出现什么情况？"

"那些唱歌的人一定会赶来将你捉住，送派出所！"

"对呀，可他为什么不喊呢？"

"是呀，刘五，你为啥不喊救命呀？"

刘五忙说："老爷，我怕杨三狗急跳墙害死我，所以不敢喊。"

阎王笑笑："噢，你是怕死，所以成了怕死鬼。"

杨三又说："大老爷，就算刘五怕死不敢喊，那也不该在我要逃跑时向我求饶，还说给我钱。他应该让我跑，然后再追，边追边喊：'抓坏人呀！'那样，定会有警察或其他见义勇为的人将我抓住。大老爷，您想想，刘五当时照我说的任何一个办法去做，都不会遭受杀身之祸！我呢？因为没有杀死人，抓住了也只是判刑坐牢，不至于挨枪子。大老爷，您说说，这不是他害了我吗？"

阎王听完杨三这一席话后，禁不住点着头说："你这样分析，倒也有几分道理。"

杨三急忙趁热打铁："大老爷，您真是明察秋毫！我杨三虽有冤枉，但既然已经死了，也就不想复活，只是求您恩典，这下油锅的刑罚就免了吧？”

阎王毕竟是阎王，他把脸一沉，说：“刘五是刘五，你是你，你的罪孽深重，你不下油锅谁下？来呀，将他押下去！”几个小鬼一拥而上，将杨三拖走了。

阎王又对刘五说：“刘五啊刘五，若是天下的男子汉都像你一样，软弱无能，贪生怕死，那人间岂不邪恶当道，还有安宁的日子吗？来呀，将他重打五十大板！”

刘五一听，连忙跪下求饶：“老爷，这可使不得，我要是挨过五十大板，还怎么给您开车？”

阎王冷笑几声：“嘿嘿嘿，我还敢坐你开的车吗？要是有一天碰上劫匪，你为了自己活命，还不把我给出卖了？现在我宣布：挨过五十大板之后，你下岗了，做你的怕死鬼去吧！”

（龙江河）

（题图：刘斌昆）

神手卖鼠皮

李家沟村老鼠多，家家户户的土窑洞里，老鼠挖窟窿打洞，啃箱子咬柜，把全村人给坑苦了。可就在这时，有个外号叫“贼眼”的，定期到村里来收鼠皮，这一下李家沟人可乐了。

贼眼收鼠皮分为五个等级，一等每张10元，每差一等减2元。村里人卖的鼠皮，每次都是四等，一张4元，而唯独村主任媳妇卖的，回回都是二等。

村中有个年轻人，低矮黑瘦，身手敏捷，脑瓜活络，不论白天晚上，老鼠只要出洞，他准能逮住，人称“神手”，可为何村主任媳妇卖的老鼠皮比别家的贵一倍？神手不解。

这天，神手卖完鼠皮，瞅瞅四下没人，便问贼眼："同是一个村的老鼠，价钱咋差这么大？你收老鼠皮还要看村主任的面子？"

贼眼嘿嘿一笑，低声说道："生意人看货不看脸，收鼠皮看毛不看官。"他说着拿出两张鼠皮，一张是村主任家的，一张是神手的，"你自己对着太阳看看，再用手摸摸。"

神手举起老鼠皮一瞧，村主任家的果然润泽光亮，自己的那张老鼠皮干枯暗淡；再一摸，前者滑溜油腻，后者粗糙拉手，神手服了。

琢磨了几天，神手想了个绝招，他把一两小磨香油抹在10张鼠皮上，又用一块软布反复摩擦，直擦得那鼠皮油光闪亮，他想，这回可要卖个好价钱啦！

谁知第二天卖鼠皮，贼眼却给了个最低等，每张2元，看着满脸怒气的神手，贼眼说："老弟息怒，鼠皮毛色的好坏，是老鼠平时吃东西吃出来的，不是作假作出来的。"他又举例说，比如两个人，一个吃鱼吃肉，一个吃糠咽菜，面色能一样吗？贼眼说得头头是道，神手红着脸走了。

过了几天，贼眼又来收鼠皮，这回村里人全都大吃一惊：神手的10张都是一等，卖了100元！有人偷偷问神手咋回事儿，神手笑而不答。

又过了几天，贼眼又来收鼠皮，这次更奇怪，在神手的十几张鼠皮中，别的都是四等，单单有一张，贼眼破天荒地定为特等，给了20元。

神手一张鼠皮竟卖20元，村主任媳妇觉得其中必定有诈。晚上，她把这事告诉了村主任，村主任听了没吭声，过了一会儿才说："他没作假。"

"没作假？那咋能一次比一次卖得贵？"

村主任如实相告："上次那10只老鼠，是神手在乡政府食堂捉的。"

“那今天的呢？”

村主任说：“乡长家有只老鼠，好几年了就是捉不住，是我昨天让神手去捉的。”

（王道庄）

（题图：李　加）

老憨卖瓜

老憨是一个瓜果贩子，五十来岁，因为他时常发憨脾气，所以得此雅号。

夏天里的一天，天热得遍地冒火，让人喘不过气来。老憨开了一辆三轮货车，贩了一车西瓜到城里去卖。路过交通岗，那些临时抽来帮助检查的纠察举着写有“停”字的小木牌，大声喝道：“停车，检查！”

老憨停了车，两个纠察四只眼睛盯着绿油油的西瓜，喉结上下不断地动着。好半天，那个胖纠察才回过神来，围小三轮转了一圈，然后好像很随意地拿起一个大西瓜，用手指弹了几下，忍不住夸道：“嗬，好瓜，味道肯定不错！”

老憨一听，连连点头："对、对，个个都熟透了，不沙不甜不要钱，怎么样，买一个吧？

两个纠察愣了一下，又说了半天西瓜防暑降温的话，但老憨就是不接话茬，只是不住地用毛巾擦着满头大汗。两个纠察终于失去了耐心，脸一板，说："你的车超载了，罚款！"

老憨憨脾气上来了："这点西瓜就超载了，你们这是什么标准？"

"安全第一就是标准。罚款20元！"胖纠察一边写罚款单，一边又轻声补了一句，"其实你也就是超载了两三个西瓜。"

老憨脸憋得通红，猛地掏出一张百元大钞，高声嚷道："我认罚，找钱！"

老憨气呼呼地将车开走了。胖纠察拿起了对讲机，说了一通话后，又嘱咐道："待会儿别忘了送几个瓜来，这狗日的天，热死了。"

老憨的车没走多远，又被写有"停"字的小木牌拦住了。过来一高一矮两个纠察，高纠察像是发现了新大陆似的大呼小叫起来："你没上过安全课吗？瞧瞧，东西装这么高，万一发生意外，人命关天哪。"说着话就做出要开罚款单的样子。

这时，矮纠察走到三轮货车旁，打着哈哈问老憨："你的瓜是新品种吧，一看就知道很好吃的。"

老憨忙说："是的，是的，我是凭良心做生意的，不好的瓜我从来不卖。"

矮纠察笑了，说："看得出来，你是个老实人，也是个明白人。"接着仰头看了一下天，说，"这鬼天气，把人都烤干了。"

见老憨还是没反应，矮纠察脸当时就拉长了，对高纠察说："给他开罚单！"

老憨火气又上来了："刚才已经罚过了……"

"他们是他们，我们是我们，不交罚款就扣车！"

老憨傻眼了，最后无可奈何地掏出了20元。

三轮货车终于驶近城区，老憨心里一块石头刚落地，突然后面由远而近响起了警笛声，很快老憨又被一辆巡查的警车拦住了。

老憨赶紧掏出两张罚款单，说："前边已经罚了两次了。"

警车上下来的人说："我们不罚款，我们的宗旨是将'问题车'就地解决。现在你这车超载了，你把车上多装的货卸下来，直到不超载为止。"

老憨再也忍不住了，他涨红着脸大声吼道："这天底下还有王法吗？你们不是说我超载吗，好，我现在就就地解决！"老憨朝围上来的人群挥挥手，"都过来吃西瓜，免费的，不要钱。"说着自己带头吃了起来，一边吃，一边还问，"现在还超载吗？"

几个纠察面面相觑，一时不知该说什么好。

老憨和围观的群众一个个吃得肚子滚圆，大家实在吃不下去了，老憨望着车上剩下的西瓜，一弓腰，搬起一个大西瓜，奋力地朝路边的污水沟里摔去。一个，一个，又一个，一会儿就摔碎了一大堆。草丛中流淌着红红的西瓜汁，在太阳的照耀下，就像流了满地的鲜血，令人惊心动魄。

事后，老憨的儿子责怪老子："爸，你也真是，当时你给他们几个瓜不就没事了。"

老憨撇了撇嘴，说："净胡扯！我问你，咱家的猪原本吃鸡不？"

儿子回答："不吃鸡。"

"那后来怎么吃了？"

"是妈尽把死鸡扔给猪吃。"

老憨忍不住长叹一口气："咳——咱家的猪原本是不吃鸡的，是你妈把鸡送到了猪嘴里。猪吃馋了，见了鸡就想吃，这事你说该怪谁？"

（赵庆平）

（题图：魏忠善）

拍肩膀

王强是一个无业青年，最近想给县委书记关露送礼，通过精心的侦察，他不但找到了关书记的住处，而且还摸准了关书记的出行规律。等一切水到渠成之后，他就开始行动了。

当然，他每次送礼，都挑关书记的太太关夫人单独在家的时间，一来二去的，关夫人就和王强混熟了。这天，王强又送礼来了，关夫人就叫王强在家里坐一坐，并且主动问他是哪个单位的，想找关书记帮什么忙。

王强憨厚地咧嘴一笑，对关夫人说："我没有单位，我找关书记帮的忙也很简单，就是想请关书记能当着别人的面，拍拍我的肩膀就行了。"

来关书记家的人很多，可想这样帮忙的人还从未见过。关夫人笑了，打趣道："找关书记拍肩膀有什么用？他又不是按摩师，能给你治病？"

王强一听，忙立起身，说："不，能治病，他拍我肩膀的话，就能治好我哥的病。"

这么一说，关夫人更感到好奇了，忙叫王强坐下，对他说："你给我说说，这到底是怎么回事？"

王强又老老实实地坐下，仍是做出一副憨相，说："是呀，只要关书记拍拍我的肩膀，他就能把我哥的病治好。你不知道，我哥那人可真不像话，他在一个机关工作，就因为县里的一个什么姜部长拍了他几次肩膀，他就在家里狂得不得了，每次吃饭的时候，老人还没上桌，他就一个人先吃开了，还动不动跟老人发脾气，吼得两个老人不知有多可怜。谁要跟他讲理，他就傲气十足地说：'你们算什么？我可是人家姜部长拍过肩膀的人。'实在没办法，我就只好请关书记开开恩，高抬贵手，当着别人的面拍拍我的肩膀，关书记的官肯定比那个姜部长的要大，只要关书记一拍我的肩膀，就准能把我哥狂妄自大的劲儿给拍掉，我们家里也太平了。"

这一席话，说得关夫人一会儿点头，一会儿摇头；一会儿摇头，又一会儿点头。一切都像是天方夜谭似的，但她不由有点相信眼前的这个老实人，于是就叫王强先回去，拍肩膀的事以后会考虑的。

晚上，丈夫开会回来，关夫人和他说了此事，逗得丈夫也乐了。见丈夫有些心动，关夫人就安排了一次机会，让王强在关书记面前晃了晃，关书记就记下了王强的模样。

两个星期后，县委举办一个招待会，关书记端着酒杯，带着县委的一些头头脑脑，到各桌象征性地走一圈。就在第八张桌上，有一个年轻人径直走到关书记的面前，恭恭敬敬地说："关书记，我敬您一杯酒！"

关书记愣了愣，仔细打量了他一眼，就笑着点点头，和他干了杯，并且重重地拍了拍他几下肩膀，意味深长地说："好！好！好！"

没过多久，关书记拍了肩膀的那个年轻人，被提拔当了副主任。

这个人是谁？王强？不是。这个年轻人是王强的哥哥。他们兄弟俩是双胞胎，长得一模一样。哥哥在一个机关工作，最近机关要提拔一个副主任，由王强哥哥和另外一个人竞争，可那人曾被姜部长拍过肩膀，希望很大，所以他们哥俩才设计了这么一个情节。

（陈大超）

（题图：李　加）

照张相真难

按理说，退休拿养老金是天经地义的事，但就是有人钻空子，老人死了，还冒领养老金，所以便有了“活检”一说。所谓活检，就是受检者按要求拍张照片寄过去，证明自己还活着。证明了，养老金就按时按数打进卡里；证明不了，养老金就停发。

冯林是个退休工人，他原在千里之外的城市工作，退休后回到家乡养老。他所在的单位便年年要求活检，为防止有人作弊，活检的方式更是年年翻新。前年的方式是让受检者在照片中高举右手，像领导人检阅的样子；去年是让受检者手拿当年当月当日的老年报；今年更复杂了，要求当事人用手扶着当地乡政府的牌子拍照。

这让冯林有些为难，因为他去年患过脑梗，腿脚很不灵便，行动起来非常困难。但不按要求寄照片去，自己就算已经作古。再怎么说，忍受痛苦也比被认为作古强，冯林就决定让儿子用农用车，将他拉到乡政府的大门口去拍照。

但到了那里，儿子小冯照相机还没打开，门卫就跑来呵斥："这里不许拍照！"

小冯说："咋不能拍照？又不是军事禁区。"

门卫说："不是军事禁区，但是政务要地，不准拍照。你看旁边明文标着的！"

小冯一看，乡政府门口果然有个木牌，写着：政务要地，严禁拍照。按说乡政府大门不应该标这个，但是去年有人上访，被堵在门外不准进院，有人拍了照片寄到报社，造成了很坏的影响。为杜绝这类事件再次发生，乡领导就让办公室钉了这样的牌子，并要求门卫严格监视。

冯林赶紧对门卫解释，说拍照是为了证明自己活着，没恶意。

但门卫不听，还说自己家里穷，这份工作对自己很重要，希望冯林父子配合。

小冯又赔着笑脸说："不在政府门前照，借走牌子，在别处照行不行？"

门卫一听火了，瞪着铜铃大的眼睛说："什么？乡政府的牌子是能随便借的？你的头能借不？要能借，就把牌子借给你！"

冯林看没法说通，就让儿子和原单位联系，看能不能通融通融，用其他办法证明自己还活着。

接电话的是办公室小刘，她认识冯林，就说："冯师傅，你就是现在站在我身边，也证明不了你活着，因为我说了不算啊。和当地乡政府的牌子照相，是上边统一定的，你的照片来了以后，要贴在鉴定表上，工会初审，签注意见，报到人事部，人事部二审，签注意见，最后呈给总经理，要通过不少环节哪，你还是在当地想想办法吧。”

小冯一听，看来还得另想办法。他有个表哥是做小生意的，走南闯北见过世面，外号“智多星”。这天他来走动，听了这情况，就给小冯出主意说：“你到乡政府门前，站远点偷偷给牌子拍张照，再拿张你父亲的照片，让照相馆把两张照片合成一下，不就行了？”

小冯一听有道理，就先偷照了牌子的照片，然后拿着父亲的照片，跑到县城让照相馆合成。

在一家照相馆，小冯拿出照片一说目的，老板坚决不干，说去年有人拿来两张照片合成，他没注意就做了。没想到，其中有一张照片是偷拍的县委书记，结果那人拿着照片搞诈骗，说县委书记是他舅。最后追查到照相馆身上，还罚了他们三千块呢。

小冯只好另找了一家照相馆，这次他学乖了，一进去就说，父亲原是乡里面的领导，现在不能动了，想合成个照片留念。老板审视半天，说：“到底是老干部，看穿得多朴素。好，我帮你做。”

照片拿回来，父子俩一看，还挺像回事的，便高高兴兴地寄走，等回音了。可是等了一个月，冯林养老卡里的养老金却停了。刚开始，他们还以为是养老金改成两个月一发了呢，可是直到第三个月，卡里依旧没有进钱。两人坐不住了，就往单位打电话。

这回，是单位工会金主席接的电话，小冯就说了父亲养老金的事。

金主席说：“你父亲不是已经去世了吗？”

小冯说：“没有，活得好好的，一顿能喝两大碗粥呢。”

金主席便说：“不对吧，上次寄来的活检照片，一下就被看出是合成的，判了个‘按去世处理’。上级领导还说了，等子女来算丧葬抚慰金的时候，要好好批评一下。”

小冯急得都快哭了，他说：“金主席，我爹真的还活着，一天都没死……”说完就把电话给了冯林。

金主席和冯林聊了几句，又考虑了一会儿，便说：“那好，我相信你们。还是抓紧时间弄个符合标准的照片过来，我给领导再打个招呼。”

小冯赶忙又把表哥喊来商量办法。智多星见自己出的主意办砸了，就说：“这些家伙眼真够贼的。这样吧，这次咱不合成，到县城，找家广告公司，依照片上的原样，制作一个一模一样的牌子，扛回家来照个像样的。”

小冯就又拿着乡政府牌子的照片赶到县城，对广告公司的老板说：原样做这个，要做得不走样。

老板以为他是乡政府的工作人员，便说：“你三天后来取吧，绝对做得和老牌子一模一样。”三天后，小冯开着他的旧农用专车，将牌子弄回了家。

见有了牌子，冯林也很高兴。但新的难题又来了，在哪里照呢？总得找个像机关样子的地方吧。

小冯很快想到了村口的学校。于是，他带着牌子，扶着冯林来到学校门口。

学生们见小冯搬着块乡政府的牌子往学校门口竖，都很奇怪，将冯林父子团团围住，问道：“怎么？学校要改成乡政府了，那我们去哪里上学呢？”这么一闹，吓得冯林赶紧让儿子回家。

回到家，小冯在自家院门旁一面整洁些的墙上把牌子钉好，让父亲站在旁边，露出笑容。但冯林总是笑不好，笑得像哭一样。

小冯便说：“您得笑得自然些，不然照片寄过去，领导会担心的！”

最后，照片总算照好了。小冯将父亲的照片寄走，然后提心吊胆地等着，生怕有人看出破绽。这一日，他忽然发现父亲卡里进钱了，心里的一块石头才落了地。令他不解的是，这次比过去多打进了300元。后来才知道，是原单位的领导见照片上牌子后的墙很破旧，就想，乡政府还那么破旧，冯家就更不用说了。领导起了恻隐之心，就让人从单位福利费里拿出300元，随同养老金一起打进来了。

不久，有趣的事又发生了，那一天早晨，乡政府门前的牌子不见了。

这可是个大事，乡派出所全体出动找牌子。根据各种线索，冯家成为重点怀疑对象。派出所来检查，不仅搜出了牌子，还找到了好几张冯林和牌子的合影，真可谓是“人赃俱获”。父子二人被带到了乡里。

但经辨认，搜来的牌子却不是乡政府丢失的牌子。尽管如此，乡里的领导还是不放冯家父子，认为他们私做牌子，问题严重，必须彻查！此事作为奇闻传到县里，县长感到奇怪，就亲自来调查。

冯林流着眼泪说了整件事情的原因和经过。

县长听了，面对冯林，鞠了一躬，说：“老人家，我向您道歉，您受委屈了。”然后，他转身，大声说，“人民政府的牌子下，人民不能拍照，谁能拍？哪个人钉的不许拍照的牌子？立即给我摘下！”

听到这里，冯林又流下了眼泪。

（苏景义）

（题图：张恩卫）

广告也精彩

鹊桥镇的吴老太是个戏迷，眼看要过六十大寿了，她提前几个月就跟儿子表态：坚决要求不摆寿宴，而是去县城请个有名的戏班子，热热闹闹唱三天大戏，让十里八乡的戏迷都过足戏瘾，还不收大伙门票。

吴老太的小儿子银贵听了这话，掰指头一算，就不乐意了。摆寿宴还能赚礼金，这免费唱大戏得花不少钱，就算和在县里电视台工作的大哥金贵平摊，这也肯定是亏本的买卖，不说别人，自己的媳妇首先就不答应。

可吴老太态度坚决，看银贵还在犹豫，脸立刻阴沉了下来。银贵看这情形，赶紧点头答应，可再回头一看，媳妇的眼珠子都快瞪出来了。咳，真是愁死他了。

这天一早，银贵就到了县剧团，人家给了他一份报价单，他一看就傻了，最便宜的也要 3000 多元！银贵没辙了。

银贵垂头丧气地走出剧团大门，在公用电话亭给大哥打了电话，谁知大哥听完情况，连说他笨，这么点小事都想不出办法，接着就把自己的主意一说。银贵听了眉开眼笑，心想，这在电视台工作的人，就是不一样啊。

银贵回到家里，看媳妇脸色不好，知道是为唱戏这事，忙凑上去在她耳边嘀咕了一番，媳妇听完也笑了。

要说这主意也不是什么新招，就是在唱戏的时候插播广告。现在电视里广告比正式节目时间都长，让你看不说，还要在屏幕上打上一行"广告也精彩"，金贵说了，弄不好，这戏唱完了，还能赚下点钱呢。

接下来的两天可把银贵给忙坏了，他先学着人家县剧团出了个报价单，按时段和时间长短定价。这个他懂，新闻联播前头那几个广告，一个就只给播几秒钟，可价钱大了去了。平时他看电视最讨厌广告，现在才知道为什么大伙都需要这玩意儿。

接下来就是联系客户了，一试才发现，感兴趣的人还真不少，因为这样做广告一是新奇，二是价钱低，三是实惠。几天下来，看着手里大把的合同，银贵乐得合不拢嘴，他都想好了：以后啊，年年唱，一年唱两次也行！

这天中午，银贵从县城回来后，跑到吴老太跟前，给了她一份同县剧团签订的协议书，白纸黑字，外加鲜红的印章和指纹！银贵不但把戏班子请到了，请的还都是名角儿，不管是老生还是花旦，全都是在省戏剧大赛中拿过奖的；就连器乐班子里那些扯板胡、吹海笛、敲铙钹、击梆子的人，也都是县剧团里水平最高的。他把协议给吴老太一念，乐得吴老太眼睛都眯成了小月牙。

接着，银贵请人用大红纸写了好些张大海报，贴满了镇里的角角落落：后天晚上 7 点，在镇中心的古戏台准时开戏，不售门票！这个消息一传开，十里八乡的乡亲们都乐翻了天，懂戏的想看个门道，不懂戏的也想凑个热闹！

到了这天晚上，戏还没开唱，古戏台前早已是人满为患。邻乡有个丁老汉，是位资深戏迷，虽然他脾气不好，好多人不喜欢他，但吴老太最爱听他说戏。今天丁老汉也来看戏了，他问吴老太："这么好的角儿，为啥不唱本戏，咋偏唱折子戏呢？"吴老太摇摇头，说她也不知道。

没多会儿，戏就开场了，一折唱罢，演员退回幕后，大家正等着下一折戏开唱时，台上却走来一位穿西装的男人，台下顿时一片嘘声加笑声：这不是鹊桥镇沙发厂的厂长杨大嘴吗？他好端端地跑到台上来做啥？就凭他那公鸭嗓子，难道也会唱戏不成？

杨大嘴从西装口袋里掏出一张纸，展开，用手把脖子上的领带拧了拧，念道："男大当婚，女大当嫁，结婚住新房，离不得好沙发！鹊桥沙发，质量顶呱呱，弹簧多又粗，海绵不掺假，真皮包座面，底板用实木加。看样订做包送货，款式新颖人人夸！地址：鹊桥镇南街 5 号，电话是……"此时，台下早已哄笑阵阵！吴老太和丁老汉也闹明白了：为啥不唱本戏要唱折子戏？原来是要在唱戏的间隙插播一番广告哩！

杨大嘴刚一下台，两位武旦便从左右两侧手执马鞭趟马而出，走到台中央，转头，定神，亮身段，随着器乐班子一声"叮咣采！"台下叫好声连天。丁老汉眼睛一亮，他最爱看的武戏终于开始了。

两位武生在台上又跳又打，大家正看得起劲时，两人却又一闪身，快步走回了幕后。观众正纳闷着，却见从后台走出一个胖子，像变戏法似的从身后亮出一个礼盒，介绍了一番，最后把声音提高八度喊道："法人代表王二定，产品质量过得硬！"

此后，台上每唱完一折戏，便要插进一段广告，商家也用尽了心思，念顺口溜，作打油诗，还有用竹板伴奏说快板的，“亚克西”烧烤庄还特意表演了一段新疆舞呢！台下观众又说又笑，但心里始终惦念着下一折好戏，也就权当笑话看了解闷。

吴老太看看场面挺热闹，也就没把这广告的事往心里去。戏唱到一天半，吴老太出去解手，可等她回来的时候，吓了一大跳，只见丁老汉正在台上又比划又说，难道他也上去做广告？再看看丁老汉边上的人，吴老太愣住了，那不是卖寿材的大奎吗？

只听丁老汉大声骂着：“好你个大奎，你是想钱想疯了咋的？你卖孝盆寿衣，做棺材花圈，没人说过你一句缺德话。可今儿是啥日子？这戏是为啥唱的？你也好意思跑到这戏台上来做广告？你这不光糟蹋了戏，还糟蹋了人！”

大奎也不是盏省油灯，他扯长了脖子喊道：“老子花钱做广告，关你个屁事？人家银贵都没说个啥，轮得上你在这儿吵吵？”丁老汉气得直发抖，刚想举拳头揍人，却被众人拉住了。这下大奎越发来劲了：“出了钱就能做广告！别说你一场破戏了，就是到城里电视台，也是这个理！”

吴老太听明白了这些话，一股子气直蹿脑门，狠狠地瞪了银贵一眼，失望地走开了。银贵哭丧着脸，真不知道该怨谁好，嘴里嘟囔着：“我哥在电视台整天播那么多广告，有谁说过啥？咋我想做两个小广告把收支打平，就这么难啊！”

（马　强）

（题图：王申生）

微博时代

这几年，农民们富裕起来了，不少人家都买了电脑，学着城里人的模样，贴吧了，QQ 空间了，博客了，微博了，一切的一切都整上了。

农民于德水家有头配种的公牛，前几天被人偷走了。于德水火急火燎地找了几天都没找着，最后，他想到了网络。为了寻找那头被偷走的公牛，他专门申请了一个博客，四处发消息，还用上了微博，他在微博中声称：我家的配种公牛，白脖领白尾梢，是从科尔沁草原引进的纯种蒙古牦牛，于 12 月 12 日在东大山吃草时，被梁上君子顺走。提供线索者有奖，帮助找回来者重谢，详情请见本人的寻牛博客。

有人登录于德水的寻牛博客一看，嗨，你别说，还整得挺专业。博客分几大板块：牛的写真照，牛的简历，牛的特征，牛的市场价格评估等等。看完后，有人忍不住发帖子感叹："真是一头好公牛，可惜啊，我家的母牛痛失了一位如意郎君！"

于德水折腾了一阵子后，见没人来还牛，只好在微博中再次声明：各位，我家那头牛是闲得无聊，自己溜达走的。如果有人把我家的公牛送回来，不算偷，我再奖励三千！

这下子，偷牛的成了爷，被偷的却成了孙子，这一反常举动，引来更多人的围观。于德水寻牛博客的访问量一天比一天多，牛微博也引起更多人的关注。

不想这事却闯出祸来，消息捅到乡长那里，乡长"腾"地从椅子上弹了起来，连声说:"胡闹，胡闹！"为啥？原来今年乡里有望评上文明乡，文明乡标准里很重要一条，就是"路不拾遗"，于德水这样大张旗鼓地找牛，不是明摆着"晒黑暗"吗？

乡长急匆匆地来到于德水家，阴沉着脸说："老于啊，为了一头牛，也不至于这么折腾吧。这样整，不是让全世界的人都晓得咱们乡偷牛的丑事了吗？你赶快把它给我删了！"

还没等于德水说话，于德水媳妇蹦了出来，跐着脚说："影响好不好的我管不着，我就是想把丢的那头牛给找回来！现在公安局不也流行网上追逃吗，我这是跟公家人学的。"

乡长气得直翻白眼，想要来硬的，于德水媳妇可不是好惹的，抄起铁镐，用身子护住电脑，然后扯开嗓门儿，杀猪似的号叫起来："没法活了，这是什么世道啊，无法无天了！"

叫喊声引来了不少村民围观，大家议论纷纷。于德水媳妇一见这阵势，更来了劲："我们就指望着这头公牛配种，供我儿子上大学呢。没了这头牛，我儿子学也上不成了，天哪，这可咋办啊！"

乡长只好耐着性子劝道："大嫂，你别着急，我这就通知派出所，让他们尽快把牛找回来。"

于德水媳妇止住号叫，"哼"了一声，说："指望派出所？黄花菜都凉了。"

乡长一时也没有了法子，只好灰溜溜地走了。

没过几天，县长的小轿车"嘎吱"一下停在于德水家门前。于德水两口子赶紧跳下炕，护住电脑。出乎他们意料的是，县长既没指责于德水影响不好，也没让于德水删除寻牛博客和微博，而是摆出一副笑脸，拍着于德水的肩膀，详细地询问了丢牛的过程。

原来，这事传到县长那里后，县长沉吟了片刻，批了四个字：挖掘亮点。很快，一篇《新农民新意识，寻牛点子就是奇》的稿子就发到了市报。市报也觉得这是个新闻卖点，在头版登了出来。

这一来，于德水的寻牛博客成了街头巷尾议论的话题，访问量更是大增。人们在谴责偷牛人的同时，还不断地有人为于德水支招和提供线索。

经过这么一折腾，那个偷牛的人再也坐不住了，他在于德水的寻牛微博后面跟帖道："老东西，你就别瞎折腾了。你再折腾，我也不会把到嘴的肥肉吐出来的！"

于德水也不含糊，在网上说："这位老兄你想错了，我那头牛是花了六千多元买来的，你偷去之后，肯定要急于出手，至少也得打八折吧？"

偷牛的人又跟帖："八折也有五千来块，比你给的赏金多！"

于德水狡黠地一笑，写道："如果在我没有建立牛博客之前就出手了，这算你捡着了。不过，从你说话的语气来看，你肯定还没有出手。我这个牛博客一公布，你还得再打两折，卖偷来的牛是要冒风险的，那两折算是风险补偿费。”

偷牛的人有些生气了，说：“狂啥狂，六折也是三千六呢，也比你那三千多。你就死了这份心吧，这头牛我是不会还给你的！”

于德水不屑一顾地说：“如今，我的那头牛已经上市报了，成了知名牛，你想出手，又有谁还敢买呢？杀了卖肉吧，时下牛肉行情并不好，最多你也只能卖两千多块，还不如我那个悬赏钱，何苦呢？老兄，把牛还给我吧，你还算是赚了。”

偷牛人无言了。于德水看到有门，继续给他施压：“老兄，你可要想好了啊，说不定过几天，那篇稿子被省报转载了，这事可就真的闹大发了。现在人家记者都在关注此事的后续进展呢。我这头牛虽然不值几个钱，可人家为了报道，说不定还会请公安部门来破案呢。那些警察可不是吃干饭的，到时候，弄不好你会鸡飞蛋打，还有可能蹲局子。”

偷牛人跟帖道：“老东西，你真是 2010 年的大蒜。”

于德水问：“怎么讲？”

偷牛人回了三个字：“算你狠！”

几天后的一个早上，于德水媳妇一开门，惊讶地大叫起来：“牛真的回来了。”

于德水出来一看，见那头公牛果然毫发未损地站在门外。

这次丢牛事件，让于德水家的大公牛名扬百里，来于德水家配牛的人络绎不绝，着实让他赚了不少钱。

到了暑假，儿子从城里回来，悄悄地问：“爸，咱家配牛的生意好起来了吗？”

于德水“嘿嘿”一笑，说：“好起来了，好起来了。儿子，你是怎么想到这么绝妙的鬼点子的？”

儿子不以为然地说："这算啥？跟那些影视明星比起来，咱这点炒作那真是小儿科了。"

于德水满足地感叹道："懂了，懂了，牛跟人一样，得炒作，不炒没有人知道，不炒身价不高。"

（孙瑞林）

（题图：张恩卫）

拔牙内幕

这天，晚报上登了一条很吊人胃口的新闻报道，大意是：有一个叫梅泽仁的机关科员，牙齿数目超过常人，光因病拔掉的牙齿就有36个……稍有点常识的人都知道，一个正常人的牙齿是32颗，梅泽仁有如此多的牙齿，自然成了人们饭后茶余的谈资。

这时，最兴奋的要数报道此则新闻的作者。这小伙子姓郑名卓，他业余爱好文学和新闻写作，以往点灯熬油地不知写了多少稿件，可是连个标点符号也没能发表出来。前不久，一位朋友给他提供了这条线索，没想到写出来后竟一投即中。虽然文章只百来字，稿费只三五元，但自己的文章终于变成了铅字，并引起了一场不大不小的轰动，这怎能不叫一个文学爱好者兴奋呢！

事隔不久，郑卓突然接到报社寄来的一封信，约他面谈。郑卓急不可待，立刻蹬车去了报社，找到总编室。总编是一位长者，态度很和蔼。寒暄之后，他问郑卓："那篇新闻稿的素材你是怎么发现的？"

郑卓说："是一位朋友提供的线索。"

"能具体谈谈吗？"

郑卓思考了一下，说出了事情的经过：郑卓有个中学同学，名叫王建明，现正在医院实习。一个偶然的机会，建明从一个名叫梅泽仁病员的就诊记录本上，看到他拔 36 颗牙的事，感到很惊奇，就当作新闻线索提供给了郑卓，于是郑卓就写了这篇报道。

听了郑卓的介绍，总编不禁埋怨道："小伙子，你发了一条假新闻。"

郑卓愣了："怎么？难道我写的与事实不符？"

"岂止不符，差着十万八千里呢！现在当事人已找上门来，说他的名誉受到了侵犯，正常生活受到了干扰，要求报社和作者赔偿损失呢！"

"啊？那就诊记录上写得明明白白，怎么会有错呢？"

"记录是记录，事实是事实。我们已作了详细的调查，梅泽仁本人一颗牙也没拔过，拔牙的人是他的父亲、母亲、岳父、岳母、姑姥爷、舅丈人……"

"啊？"郑卓更加吃惊了，"那为啥都写在他的就诊本上？"

"因为，他是公费医疗！"

"原来如此！"郑卓猛然醒悟过来，"总编，我马上再写篇文章。"

郑卓的第二篇稿子很快就发了出来，这篇文章的轰动效应比上一篇还要大……

（庞洪成）

（题图：刘斌昆）

小保姆要加工资

翠花在高尚住宅区当保姆快一年了。她的主要任务是做做家务，然后陪女主人聊天逛超市。女主人姓潘，二十来岁，长得很漂亮，在家闲着；男主人姓沈，四十多岁，又矮又胖，在城建局当局长。

男主人是城建局局长，翠花刚开始时并不知道。翠花曾经问起过男主人是干什么的，他只说是公务员，其余的就没多说。有一次洗衣服时，翠花从男主人口袋里掏出一盒名片，这才知道男主人是局长。

对她来说，局长是多大的官啊，翠花连乡长也只见到过一次！于是她存心留了几张名片在身边。女主人知道后，告诫翠花不要对外乱讲。翠花不理解，当官又不是做贼，干吗不能讲？女主人严肃地说："现在社会很复杂，讲了会引来不必要的麻烦。”翠花这才似懂非懂地点点头。

当然，翠花想讲也没有地方讲，在这个几百万人口的大城市里，除了几个老乡外，她谁也不认识。这天，翠花和几个老乡在路边小饭馆聚餐，大家七嘴八舌地讲了许多话，后来聊着聊着就转到了工资上。一比较，翠花发现自己的工资最少。几个老乡在工厂里做工，一个月下来能挣近一千元，而翠花包吃包住一个月才四百元。老乡们就鼓动翠花要求加工资。他们说，报纸上说了，公务员加薪百分之二十，男主人工资加了，小保姆的工资也应该涨一涨了！

翠花心动了，决定找男主人谈判。她还特意找来最近的报纸翻了翻，了解了不少情况。但是男主人工作太忙，老是出差，隔三岔五才回家一次，有时深更半夜的也会被人叫走。

终于等到了周末，男主人出现了。翠花先快刀斩乱麻地把事情一一做好，然后给男主人泡了杯浓茶，这才垂下脑袋，吞吞吐吐地把要加工资的想法对男主人讲了。男主人问："说说看，为什么要加工资呢？"

翠花说："你们国家公务员加了好几次工资，这次又加了百分之二十，我的工资比较低，才四百元，也应该加一加了。"

男主人笑了："公务员加工资是国家规定的，是国务院总理下令执行的，可是国务院总理没有下令加保姆工资呀！"

翠花脸涨得通红，就把报纸上看到的搬了出来："你们公务员工资涨了，就会拉动市场需求，导致物价上涨，这样，我的工资就会贬值，现在的四百元实际上变少了。我要求加工资，不是为了增值，而是为了保值。"

男主人笑得更欢了："想不到你还懂得这么多。好，给你涨工资保值。"

翠花一听高兴了，笑得嘴都合不拢，接着又追问一句："加多少呢？"

"加一百元，一个月五百元！"

翠花心里太满足了，一个月多一百元，一年要多一千元哪！

但是不知道男主人是开玩笑随便说说的，还是真的忘记了，到了月底，翠花领到的工资仍然是四百元。

翠花不痛快了，心想：城里人就是小气，说过的话不算数。她偷偷打电话给老乡，叫他们帮忙出主意。老乡叫她找劳动局，说劳动局有一个部门专管劳资纠纷问题，他们厂里曾经拖欠职工两个月的工资，告到劳动局，立马就解决了。

翠花心里有了数，第二天就谎称去医院看病，去了劳动局。

到了劳动局，她有些慌乱，因为根本不知道该找谁，到哪里找。一转眼，看见一个办公室里坐着一位四十多岁的中年妇女，翠花就走了过去，把要告状的事说了出来。中年妇女随口问道："男主人叫什么名字？"

翠花从口袋里掏出一张名片递了过去。中年妇女看了名片，一下子愣住了，问："这人真是你家男主人吗？你有没有弄错？"

"怎么会弄错呢？我在他家干了快一年了。"

"那你说说看，他长什么模样？"

"又矮又胖，四十多岁，下巴上有一颗黑痣。"

中年妇女一拍桌子："这太不像话了！"

翠花见中年妇女发火了，心里有些害怕，忙问："阿姨，你怎么了？我，我不告人家了。"

中年妇女见吓着了翠花，忙转脸一笑，说："翠花同志，这件事包在阿姨身上，阿姨给你做主解决，你男主人在家时，你就给我打电话，让我去做他的思想工作。"

"可是他经常不在家。"

“没关系，不管什么时候，只要他一回家，就马上打电话给我。”

翠花拿了电话号码，千恩万谢地回去了。

过了两天，男主人回家了，翠花瞅空儿溜到外面给那阿姨打了电话。不一会儿，那位中年妇女真的来了，手里还握着一根木棍。翠花看了很纳闷，做思想工作也用不着拿木棍呀！

刚想问话，只见那中年妇女一头冲进屋里，边用木棍使劲地敲桌子，边喊道：“沈福瑞，你给我滚出来！”

此时沈局长正和小潘在卧室里打情骂俏，听见吵声，双双走出来，一看见中年妇女，沈局长一下子愣住不动了。中年妇女高声骂道：“好你个沈福瑞，竟敢背着老娘包二奶，看我不打死你这个老东西，不打死你这个小妖精！”说着，将手中木棍乱舞，一时间屋内乒乒乓乓，好不热闹，吓得翠花躲在角落里大气也不敢出。

原来这中年妇女是沈局长的老婆，小潘是他在外面包养的二奶。也是事有凑巧，沈局长的老婆在劳动局上班，小保姆翠花听了老乡的怂恿，到劳动局告状，竟阴差阳错地找到沈局长的老婆那儿。沈局长的老婆骗翠花当了线人，结果就把沈局长捉了个活的。

吵闹声惊动了保安，保安不明就里报了案。等到派出所干警来了，沈局长的老婆才发觉闹得过了火，自己只图一时发泄痛快，竟危害到了老公的前程，但后悔也来不及了。经调查发现，沈局长贪污受贿，犯渎职罪，于是他很快就被依法处理了。翠花怎么都没想到，一不小心，自己竟告倒了一个包二奶的大贪官！

（曾凡洪）

（题图：魏忠善）

谢谢你的爱

一天，临江市故事作家萧志平接到一位文友的来信，说他的故事作品《谢谢你的爱》被人抄袭了，发表在外省的一家故事刊物上，这本刊物正在书摊上出售。萧志平立即到街上买来那本刊物，翻开一看，开篇就是《谢谢你的爱》。他一口气读完，从标题到标点，与他五年前发表的作品一字不差，只不过作者署名改成了“楼云辉”而已。如此行径，与盗贼有什么区别？萧志平义愤填膺，马上把自己当年发表的那篇作品复印了一份，再写了一封充满火药味的信，一起寄到那家刊物去“讨个说法”。

半月后，回信来了。那家刊物的编辑除了向萧志平表示歉意外，还附了作者楼云辉的检讨书，并说萧志平看了检讨书后，有什么处理要求，可以再写信告诉他们。楼云辉的检讨书是这样写的：

尊敬的萧叔叔：

您好！非常对不起，我就是抄袭了您作品的那个无知学生。现在我以一种十分悔恨的心情向您表示无比歉意！

萧叔叔，我想把我的身世告诉你，以求得您的谅解。

我本来有一个温馨的家庭，可在十二岁那年，父母离婚了，所以我与七十岁的爷爷生活在一起。开始几年，父母每隔一段时间还来看看我，但自从他们各自有了新家后，就每月给我很少的一点生活费，再也不来看我了。现在，爷爷年纪大了，患有严重的风湿病和高血压，但还要为我上学日夜操劳。有时候，看到爷爷因为生活困难唉声叹气，我确确实实想出去偷，去抢，去做一个坏孩子，但最终还是忍住了。后来，我听说投稿有稿费，就试着抄了您的那篇作品，想不到立即发出来了。爷爷犯病了，我就是靠着这笔稿费把爷爷送进医院的。现在爷爷还在医院里，我真不知道该怎么办，编辑部让我把稿费退给他们，可我拿什么去退呀？

尊敬的萧叔叔，再过几个月我就要初中毕业了，在这个时候，请您原谅一个无知少年的过错吧。我会记住这个教训的，一定记住，请您相信我好吗？

啰里啰唆写了这些，不知萧叔叔会不会原谅我，就此打住了，我还要赶到医院去给爷爷喂饭哩！

一个知错的学生：楼云辉

萧志平读完这封信后，真是百感交集，连眼圈也发酸了：他怎么也没想到，抄袭者背后竟有这样一个催人泪下的故事。

萧志平小时候因为父母离异，吃过不少苦，他完全能理解楼云辉的心境，要不是远隔千里，他真想马上去看看他，给他安慰帮助。于是萧志平立即写了两封信，一封给编辑部，要他们原谅楼云辉，千万不要“曝光”批评和去追回那稿费了；另一封给楼云辉，表示对他的行为完全谅解了，也不要再为退回稿费的事犯难。希望他丢下包袱，好好学习，照顾好爷爷，争取以后有出息。

之后，萧志平的心好长一段时间不能平静，还经常牵挂着楼云辉，惦记着他爷爷的病是不是好了，惦记着他的学业有没有受影响，有时还把楼云辉的那封信拿出来看了又看：每看一遍，他的心里就要难受好一阵子。

几个月后，那家故事刊物为了给萧志平一个补偿，邀请他去参加笔会，地点安排在一个遥远省份的风景区，费用全由他们包了。盛情难却，萧志平风尘仆仆地去了。到了那里才知道，那个风景区离楼云辉所在的县城不远，只一个小时汽车的路程。萧志平大喜过望，连忙抽了半天时间，买了一些学习用品，去看望楼云辉。

萧志平来到学校，正是上课时间，他找到老师们的办公室，里面坐着一位女教师。女教师问他有什么事，他说是来找楼云辉同学的。女教师上下打量他一番说：“楼云辉是你什么人？他正在上课，我带你去吧。”

萧志平跟着女教师来到一间教室外，女教师说楼云辉就在里面。萧志平从窗口往里面一看，里面坐着不少学生，正在聚精会神地听一个教师讲课，便说：“先不要打扰他们，我就在门外等吧，麻烦你告诉我哪位是楼云辉，等他下课了，我再找他。”

女教师笑出了声："怎么，你还不认识楼云辉？那位讲课的就是，他是语文教师，正在给学生上写作课。"

萧志平听了顿时像被人打了一巴掌，呆了："什么？那位教师就是楼云辉？"

女教师奇怪地问："怎么，你要找的不是这个楼云辉？"

萧志平说："我要找的是一位毕业班的学生。"

女教师摇了摇头："毕业班的学生里面没有一个姓楼的，我们学校叫楼云辉的就只有这位楼老师。"

正在这时，萧志平看到那位楼老师手里正挥着那本故事刊物，对学生们说："下面，我就向同学们介绍一下我创作《谢谢你的爱》这篇作品的几点体会……"

萧志平听了，差点晕过去。他这时才明白，自己遇上了"高手"，楼云辉写给他的那封信才是真正的创作，而且称得上是一篇让人震惊的"杰作"！

（赵和松）

（题图：魏忠善）

好事多磨

善有善报，恶有恶报，福祸都是自作自造。赵庄唐小春也不知哪辈子积了啥德，对象姜有河长得要样儿有样儿，要个儿有个儿，桃花镇没一个能压下他。可是，有一样儿不称唐小春的心，就是财神爷赵公明与姜有河家没有多少缘分。人家在改革的大潮中，小日子蒸蒸日上，姜家呢，不但山河依旧，而且还要走下坡路。因为这，唐小春老拿着他，说抢打就抢打一顿。多半儿也是人穷志短，不管唐小春咋耍，姜有河都没跟她急过，老是笑眯眯的，和风细雨地跟她说话。

这年秋天，姜唐两家的老人一瞅，两人岁数都到了领结婚证的年龄，就打算收完秋把他俩的婚事儿办了。

结婚得买东西呀，收完秋，姜有河就找唐小春商量去了。见面一说，唐小春愿意后天一大早上桃花镇精品商店买去。那儿的货全，还精还好，就是价高。可是，姜有河听了，连嗝儿都没打，登时就应了，跟着便问她打算买啥，照多钱花，有了谱儿他好预备钱呀。

唐小春说:“前头有车，后头有辙。你不呆不傻的，一瞅还不明白？”

姜有河听了,登时有点儿肝颤。前两天,他们庄连娶了俩媳妇,彩电、冰箱啥的，整了两汽车。他跟人家咋比呀？这两家的家主儿，一个是乡书记，一个是卖建筑料的个体户，钱都是大鼻子爹——老鼻子啦。

唐小春一瞅，忙问他咋了，姜有河说：“小春，我有几句话，说了你别不乐意。”

唐小春知道他又要哭穷，想少给她花钱买东西，脸一沉说:“说吧你，我有啥不乐意的。”

姜有河说:“俺家穷，因为这，我哥哥今年都三十了，还没说上媳妇。如果你要是再花……”

唐小春听到这儿，不由得“哼”了一声。正巧迎面走来了唐小春的好朋友小青，唐小春一甩脸，丢下一句说:“花个仨瓜俩枣钱就想说媳妇，想得倒美,告诉你,没门!”说完,丢下姜有河一人呆着,拉着小青走人了。

姜有河这个气呀，心说，就冲她这脾气，成家之后，准得三天两头吵闹。一闹，爹娘也得跟着生气。娘好说，爹要是着点儿急上点儿火，还不得背过气去！一想，身上便起了一层鸡皮疙瘩。回到家里，往炕上一躺，他便叹开了气。

他妈姜氏一瞅不对劲儿，忙过来问他咋回事。姜有河是孝子，说了怕妈生气,不说又怕妈着急,为难了半天,才把刚才的事儿说出来,完了说:“能花多钱花多钱，她愿意就算，不愿意拉倒。明儿个我就跟她说去！”

姜氏一听，忙劝儿子说：“你别犯傻，该敲打你就得敲打，谁没个脾气呀？泥人儿还有土性哪。再说眼下娶个媳妇多难呀。”

第二天，一家子东摘西借，七拼八凑，给他拿出来三千七百多块钱，把钱替他装进书包，催他去找唐小春。

到了唐家，唐小春见面便问他钱带来没有。姜有河一拍书包说："拿来了。"唐小春一瞅书包鼓鼓囊囊的，十分高兴。两人骑上自行车，连说带笑地就上了大道。

到了精品商店门口一看，店里要啥有啥。两人一瞅成衣不错，就叫营业员给拿成衣。营业员一件一件从货架上往下拿，唐小春就一件一件地挑，一件一件地试。姜有河一边儿给她打下手，一边儿给人家点钱。买完成衣买电器，买了电器，唐小春又要撕花布。没撕几块，姜有河的书包就要见底，想拦她，又怕她恼。姜有河心说，我的姑奶奶，你千万千万别再买了，不想，他越怕她买，她越来劲。买完布，她又买起了毛巾被。姜有河一瞅钱没了，再不拦就晚了，便说："有钱不置半年闲，咱们过年再买它得了。"

唐小春听了，特别不高兴，心说，这个主我要是做不了，赶明儿就甭想卡他。不成，说啥我也不能把底儿给他打软喽！一会儿的工夫，唐小春买下的东西在脚边堆成个小山似的，把个姜有河气得，手指着唐小春"你呀……你"的，半天没说出一句整话来。完了，营业员一拨算盘，一伸手指，把钱数告诉了他。姜有河一看，还得拿一万多块，"哎哟"一声，险些瘫地上。唐小春看了，不但不心疼，反倒叫开了板。

得了，拿钱去吧，不拿事儿没法了呀！姜有河垂头丧气地往家走了。

一进家，姜有河就躺炕上了。家里抽筋拔骨的已经给他凑了不少，再要一万多，还不把家里人急死？他妈姜氏听了一急，"咕咚"一下瘫地上了。姜有河急忙找街坊喊朋友，拴车弄马送母亲上医院。姜家一下乱成了一锅粥。

再说唐小春，自姜有河走后，左等右等也不见他回来。一瞅日头，晌午都过了，气得开口便骂起姜有河来。日头平西时，她还没见姜有河回来，心说，妈呀，他别不来了！想罢，心里登时打起鼓来，慌忙对营业员说："同志，我出去找他去，成不？"

营业员说："不成，你不能走。你要是肉包子打狗一去不回，这堆东西咋办哪？"

唐小春脸一下白了，"那我找人给他捎个信儿去，总该成吧！"

营业员说："我叫人替你打电话去吧。"说完，就叫另一位营业员给姜有河住的那村打电话去了。

唐小春气得小脸"腾"一下红到了脖子上，忍不住说："该钱我给你钱，干吗你这是？想把谁当人质咋的？"

那位营业员一点不让步说："我不管，反正你要是不给钱，就甭想出这个屋。"

两人越说越急，一个想出去，一个不相让，末了动起手来。唐小春一推，不料那个营业员脚下一滑，"吧叽"一下摔了个仰面朝天，脑袋"嘣"磕在了水泥地上，连一声都没哼人就死过去了。边上人看了，便说她把人打死了。唐小春吓得跟小鸡子似的，能耐全没了，打人犯法，杀人偿命，这是板上钉钉儿的事儿呀！她急忙求人送营业员上医院。

在医院人刚安顿好，派出所所长来了。这人连毛胡子，大眼珠子瞪瞪的，瞧了就叫人发毛。他扫了她一眼，问清情由，一声吆喝，要把唐小春唤进镇派出所。

唐小春又气、又悔、又怕、又恨，走吧，不走不成啦。于是，跟随同来的店里人说，一会儿姜有河来了，让他算完账上镇派出所去找她。其中一个营业员听了，说："姑娘，明跟你说吧，你对象不来了，跟你吹了，这事儿你自己掂量着办吧！"唐小春一听就傻了。

到了派出所，所长扔给她一支笔，几张纸叫她写检查，然后把门一锁，走了。唐小春长这么大也没受过啥磕磨，所长一走，她趴桌子上就“呜呜”地哭开了。

再说，这唐小春一进镇派出所，消息就传到了赵庄她唐小春父亲老唐林的耳朵里。街坊还说了，镇派出所让他明儿个带钱赎唐小春去哪。唐林气得直抽自个儿嘴巴，家里老的少的忙央告他去借钱赎人。借去吧，谁让自个儿养活这么个现眼的闺女呢？老唐林连夜东家西家地全村转了六茬，才借了八千多块，加上自家的现钱也不够一万哪。

天一亮，老唐林就上镇派出所去了。到门口儿一看，好多人一边儿“叽咕”一边儿缩头探脑地朝一间房里瞧。老唐林心说，他们是不是瞧我这现眼的闺女哪？一问，正是，老脸一时都没处搁了。

他找到所长说了来由，所长就把他领那间屋去了。唐小春一见，眼泪立刻流了下来：“爸爸！”

老唐林瞪了她一眼，气呼呼地说：“甭叫我，我不是你爸爸。”唐小春捂着脸，立刻哭起来。

所长在一边儿说：“有啥话你们回家说去吧，咱们先把这档事儿了了吧。”完了，便问他钱拿来没有。

老唐林把钱掏了出来，所长说：“总共一万多块，告诉你吧，光医疗费就一千多！你拿这点儿哪够呀。”

老唐林一听愣了，不由得说：“啥医疗费？”

所长说：“告诉你，她还打坏一个人哪，这钱你不掏行吗。”说完，便把唐小春打人的事由头到尾说了。

老唐林听了，差点儿气死：“你呀你，姜家让你闹得不够，没想，这儿你还给我惹了个大祸！”

唐小春听了，才说了个“我”字，老唐林就把她瞪了回去。

所长说：“别说没用的了，赶紧回家凑钱去吧。”

老唐林说：“这么多钱我没处凑去。”

他说的是实话，真没处凑去。所长说：“告诉你，你别不知足，这也就是人家店，要是赶上别人，还不定咋地呢！”原来，店里的经理知道打架的经过，把责任揽到了自家身上，只让唐小春出了一千多块的抢救手术费，剩下的全都由店里包了。

老唐林听了说：“所长，我不是不明事理，我真没处弄钱去。”

所长说：“那你还领人不领人了？”

老唐林老脸一抹说：“不领啦！”

所长一下愣了：“不领了？不领这人咋办？那么多东西咋办？”

老唐林说：“谁有钱谁领，谁能领归谁。”

唐小春一听，“哇”一声哭出声来。所长一下火了：“你开什么玩笑？严肃点儿。”

老唐林说：“男子汉大丈夫说话算话。这么大的事儿我怎么能开玩笑呀。”

所长也没法了，说：“要是这样我也没辙，你爱咋办咋办吧！”说完，一甩袖子走了。老唐林瞪了闺女一眼，跟着出了门。唐小春登时昏了过去。

派出所院子不深，加上临街，里边一吵吵，瞧热闹的就听见了。有个人说：“眼爷，人家老爷子把话丢下了，现在就看你了。”眼爷今年四十七，秃脑袋，红眼儿，成天眼泪叭嗒。这还不算，有条腿还有毛病：一走路，身子一扭一扭的，腿就在地上画圈儿。因为这，一直没说上媳妇。这会儿，眼爷听了，一笑说：“我一个臭放羊的说人家，这不是猴拿虱子——瞎掰吗。再说啦，岁数也跟人家不和呀！”

大伙儿听了，笑了一阵。跟着，又有人逗他："眼爷，这事除了你，我们谁也领不了她。"

眼爷忙问为啥，那人说："你有钱，她爱钱；你心眼儿好，她长得好，这不是天生一对儿，地造一双吗。再说了，你要是不领她，这人就得在号子里呆下去了。你咋也不能见死不救吧？"

眼爷听了，一愣，不由得说："哟，这么一说我还真得领她去。"大伙儿听了，又一撺掇，眼爷转身就回家拿钱去了。

眼爷富得流油。他们一家俩光棍，年年养一二百只羊，加上他北京的大哥每月还给他邮钱。俩光棍又不会花钱，你说，他钱少得了不？

眼爷到家里拿了两万块现钱，怕不够，顺手又拿了一个三万多块的存款折子，就找派出所所长去了。所长一瞅他来了，便说："眼爷，咋的？你要在我们派出所显摆你的腿功书法吗？"

眼爷笑嘻嘻地说："俺就是吃了老虎豹子胆，也不敢上这儿来逞能呀。我是到这儿来领人的。我听说这儿有个闺女，谁领归谁，我就想……"

所长一听，心里直叫妈：天爷，这可真是……嘴上说："哎哟，没想你这只老蛤蟆也想吃口天鹅肉。你可留神，别打不着狐狸弄一屁股臊！"

眼爷笑着说："现在改革开放，不是时兴胆子大一点儿吗！"

所长听了，气得直翻白眼儿，办吧，人家家长有话在先。

两人一前一后走进唐小春呆的屋子，所长便问眼爷钱拿来没有。眼爷说："真是的，领人不拿钱还成？您说吧，要多少？"说完，把钱跟存款折掏出来，放在所长面前。

一直还蒙在鼓里的唐小春登时傻了，待会儿他要是跟买东西似的，交完钱把我领走，咋办呀？果然，所长点完钱，放人了。唐小春听了，“哇”一下哭了。她能不哭吗？眼爷跟姜有河咋比？眼爷长得猪不吃，狗不啃，做她爹都成。跟他过一辈子，不是活糟贱人吗！可是，这不都是自个儿找的吗？心说，我真应了肉多嫌肥、饭饱闹肚的老言古语了。她越想越觉得对不起姜有河，越想越觉着自个儿没有多大活头儿。

眼爷见她一声不语，一个劲儿掉泪，急忙劝她别哭，跟自个儿家走。唐小春听了，打了个冷战。眼爷说：“怎么？你不愿意跟我走？”

唐小春摇摇头，事儿都到这份儿上了，火炕她也得跳呀！

眼爷说：“愿意，那你就跟我走吧！”

唐小春说：“我有个条件，你把你存折上的钱取出两万来，给姜有河送去，回头你让我咋着，我都依你。”

眼爷和所长全愣了，他们没想唐小春还有这么一手，所长瞟了眼爷一眼，一努嘴，“去吧，别这儿迟固着啦。”

眼爷说：“好。”趿拉趿拉地，走了。

眼爷回来时，唐小春二话没说，站起来，焉焉地就跟他走出了派出所大门。大伙儿见了，就跟瞧新鲜似的，追前跑后地看。有的替她可惜，有的说她没事儿生风，愣把一个好好的对象闹吹了，落到这步活该！唐小春听了，恨不得跳井死喽。眼爷忙劝她说：“甭听他们的，到家就好了。”到家？到哪儿我也不打算活啦！唐小春使劲儿咬住了嘴唇，下了狠心。

可是，一进眼爷家，唐小春愣了。一看，姜有河跟小青正在屋里等他们哪。唐小春看了，禁不住泪流满面，“扑通”一下跪在姜有河面前：“有河，我对不起你！”

姜有河搀起她说：“别难过了，事过去就算完了。”小青和眼爷一瞅，两人重归于好，心中大喜，慌忙走了。

原来，唐小春一进派出所，小青就到处托人给她活动:她找到眼爷，一央告，眼爷立刻答应把人赎出来给她。跟着，她又去劝姜有河，加上派出所所长也偷偷地东说西劝，才有了这么个结果。说实在的，这事儿也就是赶上了这几个好人，要是有一个心术不正的，事情的结果可就难说喽。

（李宝才）

（题图：黄世坚）

牛村『驻马办』

最牛的“驻马办”

牛村是马铺市最偏僻的山村，狭长的山谷里住着一百来户人家，有人说它像是被丢弃在崇山峻岭之间的一根牛绳，可它却在马铺市有个“驻马办”。那里的头儿叫牛胜利，其实他只是一个小小的包工头，手下不过有一支杂牌施工队，一间歪歪斜斜的工棚，他却牛皮哄哄地把它称作牛村“驻马办”——牛村驻马铺市办事处，嗨，你说牛不牛？

这天，牛村“驻马办”里来了个人，他叫牛永春，牛永春在村小当代课教师，大半年没领到工资了，他心一横，和老婆一起来到马铺闯世界。城市茫茫一片像大海，他们不知该到哪里去，于是就先到了“驻马办”。

牛胜利一见牛永春，就咧着嘴“呵呵”直笑，比着手势说：“马铺有个‘驻京办’，牛村有个‘驻马办’，牛村人上马铺来，都要先来‘驻马办’报到。永春，你这牛村的秀才，挑砖打桩的活儿能行吗？”

牛永春到底是文弱书生，干不了重活，几天后只好离开了“驻马办”。老婆进了一间服装厂，住在工厂宿舍里，过了几天，牛永春找到一份贴小广告的活儿，干了半个月，又改行卖起了光盘。

这天，牛永春正在街头兜售光盘，突然听到一阵骚动，有人喊道：“城管来了——”小商小贩们“哗”地四处逃窜，牛永春跑得比兔子还快。

牛永春跑进了街头拐弯处的一间公厕，这是他上次偶然发现的“避风港”，一来二往，他跟管公厕的老头就混熟了。一会儿，外面的动静渐渐恢复了正常，他知道没什么大事了，就在他走出厕所的时候，一个西装革履、头发光亮的中年男人快步走过来，三步并作两步的，看样子是内急了。管公厕的老头坐在桌子后面，伸出一只手，摆出了一副公事公办的样子：“两角。”

穿西装的气呼呼地盯了老头一眼，“啪”地把一张百元大钞往桌上一拍，说：“老头子，睁眼看看，这张够拉五百次了！”

老头推开了大钞，冷冷地说：“我没零钱找你。”

“你——”穿西装的气得脸色发青，却又无可奈何。牛永春正好走了过来，他手上捏着五角钱，放到老头面前，说：“算了，我帮他交了。”

穿西装的感激地看了看牛永春，像是得到特赦一样，也顾不上道谢，就火烧火燎地往里面走。老头找给了牛永春一角钱，说：“你呀，心太好，像这种暴发户，以后少理他。”

牛永春走出了公厕，脚步就慢了下来，看着面前川流不息的行人和车辆，想着日后一家人的生计，心情变得有些沉重。这时，穿西装的那人也从公厕出来了，他脚步轻松，转过头看到牛永春，便笑吟吟地说："谢谢你帮我付了钱。"

牛永春淡淡一笑，摆了一下手，意思是说两角钱就别提了。

穿西装的上下打量了一下牛永春，问："看你长得挺斯文，做什么的？叫什么名字？"

牛永春简要地说了一下自己的情况，穿西装的想了一想，说："这样吧，你到我这边来干活，我有座别墅闲着，你就替我看管别墅。"

"这……"这真是意外的运气，牛永春感觉像是做梦一样。

穿西装的拍拍牛永春的肩膀说："我看你是个厚道人，实话跟你说吧，我这人有个优点，就是做事干脆，走，现在我就带你去。"那人随后又到停车场把自己的车开了出来，让牛永春上了车，一路开着，到了水尖山脚下，停在一座两层小洋楼前面。

路上，牛永春得知眼前这人叫刘伟雄，是一家房地产公司的老总。这当儿，刘老板用遥控想打开别墅院子的铁门，可门开不了，他只好下车开了门。院子里长了许多杂草，有几盆花都枯死了，角落里还堆着一堆废弃的纸箱，看样子好久没人来料理了。

刘老板说："我在广场那边的小区住，这别墅很少来，有时就借给朋友用一用，现在交给你了，你好好给我看着。"说着，刘老板打开正门，简单向牛永春介绍了一下别墅的结构和功能，交给他一大串钥匙，并跟他约法三章：一、防火防盗；二、清理卫生，搞好绿化；三、只准他居住，不准留宿外人。刘老板说了一通，接着又问，"明白了吗？"牛永春本来就是明白人，连声说明白了。

刘老板真是爽快人，当场就先给了一千块钱，作为第一个月的工资。他走了之后，牛永春楼上楼下走了一遍，除了二楼两间房间没办法打开之外，其他每个房间他都打开门来，探头探脑看了又看，心想，这些天都住五块钱一晚上的大通铺，现在可住上别墅啦！带着抑制不住的狂喜，牛永春拿起电话就想打给老婆，想告诉她自己住上别墅了，可是想到老婆工厂这时是上班时间，不会给工人传电话，他只好搁下了话筒。

这天晚上，牛永春住在一楼右侧的一间厢房里，这是刘老板指定的卧室，看样子原来就是给佣人准备的，有卫生间、有空调、有彩电，床是宽阔柔软的席梦思，配置差不多是三星级宾馆的水准。牛永春在干净、暖和的床铺上翻来覆去睡不着，想起到马铺第一天晚上也是失眠，不过那是在牛胜利破旧、简陋的“驻马办”，身子冻得发抖，床板又硬得像棺材板一样，谁能想得到今天他突然住上了别墅，要问花了多少钱？嘿嘿，只有两角钱！他心里想：“牛胜利的‘驻马办’牛什么？这里才是最牛的‘驻马办’！”

人丁兴旺的“驻马办”

第二天，正好是牛永春的老婆每个月一天的休息日，牛永春跑到老婆的工厂门口，一见老婆就拉起她的手说：“我带你去住牛村最牛的‘驻马办’，豪华大别墅！”老婆撇了撇嘴，压根儿就不当一回事，直到牛永春带着她来到别墅门边，用钥匙打开了铁门，她这才惊呆了。牛永春说了事情的来龙去脉，老婆惊得嘴都合不拢了。

牛永春夫妻从没住过这么高档的房间，这天晚上，竟然整夜睡不着觉。睡不着觉也好，两个人就坐在床上说话，把分别一个多月该说的话全都说了。第二天一早，老婆有些依依不舍地离开别墅去工厂上班，牛永春送到门边，说：“下回休息日，你自己搭车回来就行了。”那口气，就像他是别墅的主人似的。

住在最牛的“驻马办”里，活儿不累，心情不错，时间似乎也过得快了。这天，牛永春到市场买了一些扫帚和浇花用的喷水器，哼着小曲一路走回别墅，突然，一辆摩托车停在牛永春身边，原来是牛胜利，他招呼道：“秀才呀，发什么横财啦？都住上别墅啦？”

牛永春心想，消息这么快就传到牛胜利耳里了，恐怕是老婆跟厂里的老乡说的，然后传出去了，这也好，杀杀他那个“驻马办”的威风！

“走走，到你别墅参观参观。”牛胜利不由分说就把牛永春拉上车，往水尖山方向赶去。

到了别墅面前，牛胜利眼睛都直了，连声啧啧赞叹，他回去后更是四处传扬，没多久，牛村在马铺打工的人都听说牛永春住别墅了，有人闲着没事，就找上门来看个新鲜。

大家都是同村同姓的，牛永春不敢把人拒之门外，好在主人从没露面，也没给牛永春带来什么麻烦。每次牛村人来参观别墅，都跷着大拇指说：牛胜利那个“驻马办”算个啥，这才是最牛的“驻马办”呀！这话让牛永春听了心里特别受用。

这天一大早，院子外面就有人叫道：“永春，永春呀——”一听到那牛村腔，牛永春哭笑不得地想：大家果真把这当成“牛村驻马办”了。他磨磨蹭蹭，老大不情愿地走了出去，一看，铁栅栏外面站着同村的牛福清，扯起来也算是他的叔辈，牛福清打着哈哈说：“永春呀，你好气派，住这么大的楼房。”

“这是别人的房子，我只是个看门的。”牛永春说着，还是把门打开了。

牛福清身上背着一只被包卷，一下就从门缝挤了进来，说：“都说这儿是‘牛村驻马办’，我就来住几天。”

牛永春一听，脑子里“嗡”地响了一声，连忙一口拒绝：“这、这不行啊——”

牛福清一边往里面走去，一边说：“我睡地板就行了，永春呀，你也知道你叔是穷人，没钱住旅社。”

“这、这……”牛永春支支吾吾地，不知道是答应好，还是拒绝好。牛福清把身上的被包卷往地上一搁，说：“我现在有事出去，完事后再回来。”说完，他便转身走了。

牛永春叹了一声，只好把牛福清的被包卷提到自己的房间里，心想，看来他是甩不掉的鼻涕了，除非撕破脸赶人。

牛福清这一走就是一整天，他是吃晚饭光景回来的，牛永春见他像是散了骨架子，脚步蹒跚，看起来非常疲惫。他到城里干什么了？牛永春想知道，又懒得问。牛永春把牛福清带到自己的房间，发现他无精打采的，像是没了魂儿，实在横不下心赶他走，只好把他安排到储藏间过夜。

也就在这个时候，牛永春忽然听到门外“嘀”地响起了小车的喇叭声，他知道刘老板来了，赶紧跑出门去迎接。

刘老板见了牛永春，按下半截车窗玻璃，问:“这几天情况怎么样？”

“很好，一切正常，平安无事。”其实，这几天，陆陆续续地来了一些牛村的乡亲，牛永春生怕被刘老板察觉出什么蛛丝马迹，所以有些提心吊胆的，他故作镇静地这么说着，然后把大门推开：“你请，刘总。”

刘老板进了别墅后就径直上楼了，这当儿，牛永春赶紧走到储藏间门口，把嘴对着门，压低声音对里面说：“别出声，老板来了。”

牛福清听不清，问道：“怎么啦？”

牛永春连忙嘘了一声，推开一道门缝说：“千万别出声，老板来了。”

牛福清似懂非懂地“哦”了一声。

“你在跟谁说话？”刘老板一边从楼梯上走下来，一边向牛永春问道，牛永春差点吓破了胆，强笑两声，掩饰住慌乱的神情：“没人……我看见一只老鼠……”

刘老板手上提着从楼上房间取来的袋子，对牛永春说：“你要替我把别墅看好，注意防火防盗，不能留宿外人，哪怕是你的亲戚朋友。”

牛永春连连点头说：“是，是，是。”

刘老板说完，径直向外面走了出去。牛永春如释重负地嘘了口气，心跳这才渐渐恢复了正常，他推开储藏间的门，对牛福清说：“你呀，差点给我惹了麻烦！”

当天晚上，牛福清就睡在储藏间里。这一夜，牛永春睡得很不踏实，住进“驻马办”以来的一些事，像电影一样在眼前晃动着……

“驻马办”来了一个美女

第二天，牛永春睡过了头，他从房间里出来，发现储藏间的门开着，牛福清已经不见了踪影，估计他是走了，可是外面的铁门还反锁着，想必牛福清是翻越栅栏走的。牛永春心想：这家伙到底来马铺干什么？搞得这么诡秘！

吃过早饭，牛永春打扫了院子，拿了一块干布正在擦拭铁门和门框。“突突突”，一阵摩托车声响了起来，只见牛胜利骑在车上，跑了过来，他一见牛永春就亲热地叫唤：“秀才，我来你这‘驻马办’玩玩。”

那边一把鼻涕甩不掉，这里又有一只毛毛虫粘上来了，牛永春冷冷地绷着脸说：“这是人家的房子。”

牛胜利停好摩托车，大大咧咧地说："现在牛村人都知道你这'驻马办'比我那上档次了。"

虽说牛永春不欢迎他，但也不敢拉下面子，便带着牛胜利在别墅里随处走走。牛胜利像做客一样，跟在后面，眼珠子滴溜溜地转，有时看到桌上的一些摆设，还好奇地用手去摸。

忽然，门外响起了汽车声，牛永春下意识地一哆嗦，紧张地拉起牛胜利的手说："快，快躲起来。"他不容牛胜利说什么，一个劲儿地推搡着牛胜利往储藏间走去，"你躲在里面，千万别出声，要出声我就惨了。"牛胜利一头雾水，还没说什么就被牛永春推进了储藏间。

牛永春带上门，把外面的锁扣也扣上，这样牛胜利就出不来了，确保万无一失。这时，院子外面响起两声喇叭，"来啦来啦，"牛永春一边应着一边奔了出去，手脚麻利地打开了门。

刘老板穿着一身休闲运动服，从车上走了下来，从另一边的车门也下来了一个人，是个俏丽的年轻女子，打扮得花枝招展的，牛永春觉得有点眼熟，却又想不出是谁，好像是电视上见过的美女。只见刘老板把手搭在美女的肩膀上，两人亲昵地走进了别墅，径直向楼上走去。

平时，牛永春在电视上看过许多老板和小蜜的故事，没想到今天看到了"现实版"，想必这别墅平时就是他们寻欢作乐的场所。当然，这是人家的事，和自己无关，自己该干什么还得干什么。这时，牛永春在客厅里擦桌子，听到了楼上的说话声，是刘老板正在向那个女的吹嘘这别墅如何如何好，值多少钱，一会儿，他们从楼上走下来了，牛永春不想正面见到他们，便走进自己的房间回避了一下。

刘老板原来是带着美女参观别墅的，他们察看了一楼客厅的装饰和摆设，然后往侧楼这边走来，刘老板一边走一边指点着说："那是佣人的卧室，对面是储藏间。”

刘老板正说着话，不料牛胜利在储藏间里弄出了一点响动，牛永春的心猛地提了起来，这时刘老板说话了：“这别墅有段时间没住人，倒成了老鼠的安乐窝。”

牛永春听了，这才稍稍松了口气，又听见刘老板说：“明天我叫人采购一些日用品，你就可以正式入住了。”

一会儿，刘老板拥着那女的走了出去，牛永春这才顺着墙根摸出了卧室，像做贼一样盯着他们的背影，见他们上车走了，一颗悬着的心才放了下来。

牛永春正要去关铁门，储藏间里响起一阵拍门声，他只好走过去把门打开，没好声气地说：“你吵什么呀，我老板来了你懂不懂？要是被他发现就完了。”

牛胜利憋不住地吐了一口长气，说：“你老板……声音好像有点熟，你老板姓什么？”

牛永春心想，你差点坏了我的大事，我老板姓什么关你什么鸟事？他故意说：“姓什么？比牛大，虎！”

牛胜利眨巴着眼睛，想了想，说：“姓‘胡’？声音好像很熟……”他走到大门口，还踮起脚尖往前边望了望，可是什么也看不到。

牛永春说：“你该回你的‘驻马办’了吧，我要搞卫生了。”说着，他硬是把牛胜利推出了门，然后把铁门“砰”地关上，牛胜利这才骂骂咧咧地走了。

吃过午饭，牛永春准备上街买点东西，刚打开铁门，门外像是有一只麻袋沉甸甸地压了进来，原来是牛福清靠门坐在门槛上，门一开他就倒下了。牛永春大吃一惊，弯下身子抱住牛福清，发现他的神情很不对劲，全身软绵绵地站不住，却又重得像一块巨石。牛永春只好把他放下，用手摸了摸他的额头，像是被火烫了一下，心想他这是发烧了，难怪敲门都没力气了。

面对这样一个生病的同村人，牛永春觉得进退两难，自己能丢下不管吗？把牛福清像垃圾一样扔得远远的，这太狠了，他做不来。看着牛福清苍老的面容、迷糊的神态，他心里微微颤动，一咬牙，还是把牛福清背了起来，一口气背到储藏间，放在床铺上。

牛福清干裂的嘴唇在嚅动，想要说什么却说不出来，牛永春急忙给他端来一杯水，他喝了一小口，突然张大嘴全喝了下去，牛永春说："你病了，好好躺会儿，我等一下给你买点退烧的药。"

牛福清拉住牛永春的手，嘴里含糊不清地说了一句什么，一滴浑浊的眼泪掉了下来……

"驻马办"里的阴谋

一会儿，牛永春从街上买药回来，看到"驻马办"门前停着一部工具车，有个人在敲门，连忙跑上前去，原来是家具店送席梦思来了，他便帮着把席梦思抬到二楼，然后送走司机关上门，走到储藏间门前，一看，眼睛一下瞪大了："你？你怎么进来了？"原来，不知什么时候，牛胜利竟神不知鬼不觉地进来了！

牛胜利坐在躺着的牛福清身边，爱理不理地对牛永春说："刚才你们搬床铺，门没关，我就进来了。"

牛永春心里恨不得踢牛胜利一脚，他从鼻孔里哼了一声，气得什么话也说不出来。

“福清看来病得不轻呀，”牛胜利摸了一下牛福清的手，接着又问牛永春，“他来马铺干什么呢？”

牛永春早就气得憋不住了，尖着声音嚷道：“他来干什么关你什么事？你先给我说清楚，你来干什么？你知不知道，这里严禁外人进出的！”

牛胜利嬉皮笑脸地说：“大家都是牛村人，又不是外人，这里是‘牛村驻马办’嘛！”

两个人的声音惊醒了昏睡中的牛福清，他微微睁开眼睛，嘴巴一张一合，声气虚弱地说：“我、我，走……”

牛永春叹了一声，蹲下身子扶着牛福清坐起来，从口袋里掏出一包药片，说：“你这样子能走到哪去？来，吃药吧。”说着，牛永春把药片倒在牛福清张开的嘴里，给他喂了一口水。

牛胜利说：“秀才，你刀子嘴，豆腐心，是个好心人啊！”

牛永春把牛福清放平下来，很不高兴地瞟了牛胜利一眼，心想，这所谓的“驻马办”摊上了这两个牛村人，也真是没办法呀！

“秀才，我想跟你商量件事……”牛胜利的声音突然变得有些怯生生的，牛永春起身走出储藏间，牛胜利像尾巴一样跟了出来，仍是怯生生地说：“你看，行不行……”

牛永春黑着脸说：“什么破事？”

“这个，我那‘驻马办’……工程款一直被拖欠……”牛胜利说着，一副愁苦的样子。

牛永春说：“那你就去找老板要钱呀！”

“可是，可是老板连个影子也找不到……”牛胜利说话的声音一下带了哭腔，“到他公司被赶出来，打电话给他，他一听是我就挂掉……”

一个大男人被欠款逼成这样，牛永春不由有些同情，说：“这年头欠债不还的，太多了，你还是再想想办法吧。”

牛胜利叹了口气，带着乞求的语气说：“‘驻马办’十几张嘴要吃饭呀，都是牛村人，我实在……你能不能先借我几百块？”

牛永春犹豫了，他身上几百块是有的，可是……牛永春正在琢磨这钱该借还是不该借，突然外面又响起了汽车声，牛永春全身一个激灵，着火一样对牛胜利说：“快，快，快躲起来！”

牛胜利再次被牛永春推进了储藏间，牛永春说：“别出声呀，千万别出声！”说着，他把锁扣扣上，镇定了一下，这才跑出去开门。

刘老板已经下车了，拉开后座的车门，一具胖胖的身子挤了出来，原来是一个戴墨镜的胖男人，乍一看就像个大人物，挺着一个滚圆的肚子。刘老板恭敬地用手示意胖子先走，胖子漫不经心地看了看别墅，说：“还可以嘛。”

刘老板谦恭地说：“郑老板不嫌弃就好了。”

两个男人一起走进了别墅，牛永春轻轻关上门，识相地落在他们后面。

刘老板请胖子郑老板进了客厅，请他观赏了一下博古架上的摆设，便一边带他往楼上走，一边说：“楼上主卧很大，有自动按摩浴缸，席梦思是新买的，包你满意。”

胖子像领导似的，说：“硬件还行，关键要看软件行不行。”

刘老板笑眯眯地说：“等一下我叫她一起来吃饭，你就知道行不行了。”两个男人心照不宣地笑了起来。

牛永春听得出来，他们说的“软件”其实就是女人，看样子就是上午刘老板带来的那个美女，看来这胖子是个厉害角色，刘老板有事需要讨好他，准备把别墅送给他住，还要送他一个小蜜，供他金屋藏娇，现在的有钱人呀……牛永春心里不由骂了一声。

两个男人在楼上转了一圈下来，走到院子里，胖子看到正在浇花的牛永春，向刘老板努努嘴，大意是问这人怎么样，刘老板低声说："这人不错，可靠。"

他们开车走了，牛永春松了口气，心想，又躲过了一次。也真是的，每次老板来，他都吓得心惊肉跳，谁叫他私自藏着外人呢？

储藏间里"乒乒乓乓"地响着，牛永春只好过去把锁扣取了下来，牛胜利猛地从里面冲出来，跑到客厅门口又折回头，自言自语地说："怪了，那说话声好熟悉……"

牛永春说："那是我老板，要是让他知道储藏间里藏着人，我就玩完了！"

牛胜利突然定定地看着牛永春说："你老板不是姓胡吧？"

牛永春不悦地说："他姓什么跟你没关系。"

牛胜利眼珠子转了一下，伸了个懒腰说："那是那是，没关系。"他突然"呵呵"笑了两声，让人很费解。

天色渐渐黑了，牛永春心想，牛福清是个病人，不能不让他躺在储藏间，而牛胜利，就没理由让他留下来了。想到这里，他装出一副严肃的样子，说："胜利，我们一笔写不出两个牛字，别说我不给情面，我老板是明令禁止的，不能让外人来这里，你还是回你的'驻马办'吧，没钱我先借你五百。"

牛胜利听了，感动得直搓着手："这……秀才，你真是大好人。"

"谁叫我们都是牛村人呢？"牛永春说着，转身走进房间，掏出钥匙打开自己的小抽屉，就在这一瞬间，牛胜利操起门后的扫把，朝牛永春的脑袋敲了一下，牛永春哼了一声，身子软绵绵地歪了下来……

牛胜利打了牛永春，显得有点慌乱，他喃喃地自言自语："秀才呀，别怪我，我这也是没办法，苍天在上，我下手不重，是你身子骨不经打呀……"

"驻马办"惊心的一夜

夜里十点左右，"嘀——"别墅外响起了汽车喇叭声，"驻马办"就跑出一个人来，把铁门打开了。

刘老板的车停在别墅门前，他走下车，从后座上用劲地拉出胖子，他发现醉酒的胖子像一头肥猪一样，扶都扶不住，连忙叫同车的一个年轻女子来帮忙，这女子，就是上午来过的那个美女。她皱着眉头，噘着嘴说："自称酒精考验，一瓶五粮液就不行了。"

"今晚，郑老板一下被你迷住了，喝得太快，不然他一瓶酒是没事的。"刘老板说着，和年轻女子一人搀住胖子的一只胳膊，像架着一块冰冻肉条一样，脚步踉跄地往别墅里走。刘老板一边走一边说："小青呀，你可要对郑老板好点，我不会亏待你的。我的事儿要靠他呢，他好，我好，你就好，嘿嘿……"

被称作"小青"的女子嘀咕着说："肥猪一样，让人没胃口。"

醉醺醺的胖子嘴里发出含糊不清的声音，肥胖的身子一直要往地上倒下来，两个人好不容易把他架到客厅的门槛前，小青叫了一声，说："我不行了，我没力气了。"

刘老板扭头看了一下，对落在后面的牛永春说："来，你过来帮忙。"

牛永春大步走了过来，小青见状一松手，胖子肥胖的身躯就歪了下来，牛永春眼疾手快地把他抱起来，和刘老板一起架着他，又扶又拽地弄进客厅。

刘老板喘着粗气，说：“不行了，歇会儿。”他和牛永春一起松开手，胖子立即像一团五花肉一样倒在了地上。

“比跑马拉松还累。”刘老板说着，扭头看了牛永春一眼，就在这一刹那，刘老板惊呆了：眼前这人居然不是牛永春，而是给他干活的小包工头牛胜利！

刘老板像是见到鬼一样叫了一声：“怎么是你？”

“刘老板，我找你找得好苦呀！”牛胜利猛地扑向刘老板，一手揪住他的衣领，一手就从裤腰带上拔出一把菜刀，顶住了刘老板的肚子。原来，牛胜利上一回听到刘老板的声音就有些生疑，这一回他又听到了那声音，他确认那不是什么“胡老板”，而是那个拖欠了自己工钱而赖着不还的刘老板，于是便趁牛永春不备将他打昏，然后假冒“牛永春”守候在“驻马办”。

“你——”刘老板龇牙咧嘴地叫了一声，小青也发出一声尖叫，牛胜利操起手上的菜刀，朝着她扬了扬，她才乖乖地抱头蹲了下来。

刘老板全身哆嗦，声音也在发抖：“牛胜利，你这是干、干什么？有话好好说……”

“我要干什么，你别装蒜不知道，你欠我工钱，一直拖着不还，我那十几张嘴要吃饭呀，我、我……”牛胜利嘴里吐着粗气，一个劲儿地喷到刘老板的脸上，手上的菜刀搁在刘老板的肚子上，越搁越深，把他的衬衫划破了一道口子，血丝渗了出来。

刘老板扬起脖子叫道：“牛永春，你在哪儿？快来救我！”

牛胜利操起刀，恼怒地在刘老板的肚子上蹭了一下，说：“别指望牛永春了，他被我打昏了，一时半会醒不过来。”

刘老板一听，只得无奈地叹了一声，说："不就几个、几个小钱吗，你犯得着这样子吗？"

牛胜利气呼呼地说："对你是几个小钱，对我们可是天文数字，我们进城打工容易吗？要吃饭，要寄回家给孩子读书，给老人看病……"

刘老板结结巴巴地说："你先放开我，明天就到我公司取钱……"

牛胜利咬牙切齿地说："我前几天到你公司都被赶了出来，明天再到你公司，还不被你生吞活剥了？我不要明天，我只要你现在就把钱交出来！"

刘老板无奈地说："我现在身上没钱呀……"

"你没钱还债，却有钱泡妞！"牛胜利眼睛里喷着火，瞪着眼前的刘老板，恨不得一口吞了，一刀劈了。他操刀的手在颤抖着，盛怒之下的他，谁都不知道会干出什么事来！

这时，那个叫"小青"的姑娘正抱头蹲在地上，突然，她又抬起头看了看牛胜利，试探着叫了一声："胜利叔，我、我是小青呀……"

牛胜利愣了一下，眼睛定定地看着小青，说："你是牛村的小青？"

刘老板被牛胜利牢牢控制住，一动也不能动，他见小青在和牛胜利搭话，就吼了一声："小青，少跟他废话，快打电话报警！"

牛胜利瞪着小青，凶巴巴地说："你敢！"

小青伸进挎包里的手又缩了回来，她看了看刘老板，又看了看牛胜利，喝的酒早就被吓醒了，不知道该听谁的。

刘老板跺了一下脚，说："打电话呀！"

于是，小青的手又伸进了挎包里……

不是我们自己的“驻马办”

就在小青的手伸进挎包，还没把手机掏出来时，牛胜利望着小青，开口了：“你是牛福清的小女儿吧？你爸到马铺找你来了，找你找不到，发高烧病倒了，现在就躺在那边的储藏间里。”小青一下愣住了，眼睛不停地眨着，似乎不相信这是真的。

这时，侧楼那边走出了两个人，向客厅一步一步地走来——正是牛永春搀扶着牛福清走了过来！原来，牛永春在没有任何防备下被牛胜利打昏过去，刚才好不容易醒了过来，客厅里发生的事情他都听到了，但是他全身疲乏无力，硬是撑着爬起身，靠在能够窥视到客厅的墙根上，看到牛胜利挟持着刘老板讨钱，心乱如麻，不知该怎么办。他想，牛胜利太狠心，把自己打昏了，现在又持刀威逼刘老板，这肯定是不对的，他要讨工钱也不应该是这种讨法。牛永春想来想去，想起经常看的马铺电视台的“记者行动”节目，于是就回房间打了一个报料电话。他不报警，因为他不希望牛胜利被抓，也许记者来了，牛胜利就会放下刀子，新闻一曝光，也许他很快就能讨到工钱。打完电话，牛永春看到牛福清从储藏间颤颤巍巍地走出来，原来他吃了药，也清醒了一些，并且听到客厅里一个女人的声音很像自己的女儿，便挣扎着爬起了身，到了这时，牛福清才告诉牛永春：他听说女儿在马铺学坏了，跟着一些不三不四的男人出入酒店宾馆，情急之下，就跑到城里来找她。

此刻，刘老板见牛永春居然还扶着一个陌生人，摇头叹了一声，说：“牛永春呀，原以为你厚道可靠，没想到是你引狼入室！”

牛福清眼光停在小青身上，眼里像是喷出了一道怒火，他怒吼着：“小青，你看看自己成了什么样！你跟我回家！”

牛永春这下想起来了，这个看着眼熟的姑娘原来是牛福清的女儿小青，以前自己还教过她呢，那时她还是一个拖着鼻涕的小女孩，谁知几年不见，她变成了一个水灵灵的大姑娘，不过更让他惊讶的是，她竟然自甘堕落，跟坏男人鬼混。想到这些，牛永春便摆出了一副老师的架势，口气严厉地说："小青，你不可以这样，做人不可走邪道，快跟你爸回家吧！"小青羞愧地低下头，小声地抽泣起来。

牛福清颠着身子往前走了一步："小青——"还没等牛福清挨到小青身边，小青"哇"地哭了一声，就向外面跑了出去。牛永春扶着牛福清，两人一边叫着一边追了上去。

眼前的局面让刘老板十分沮丧，他晚上喝的酒也有些上脑了，全身晕晕乎乎的，便一屁股坐在了地上。

牛胜利也跟着蹲下来，他把菜刀架到刘老板脖子上，一只手伸进了刘老板的口袋，一下就摸出了一叠钱，全是百元大钞，少说也有一百张，便塞到自己的口袋里，接着又搜出了身份证、几张银行卡，说："这些全没收了，等你明天还我工钱了，我再还给你。"他感觉这样差不多了，好戏可以收场了，便起身说，"今天先给你一点颜色看看，让你知道我的厉害。"然后扬长而去。

刘老板呆呆地坐在地上，眼睁睁地看着牛胜利走到院子里，扔掉手中的菜刀，凯旋似的离开别墅。这时，躺在地上呼呼大睡的胖子伸了一下腿，两只眼睛睁开了一条缝，像是在梦游一样，傻乎乎地问："怎么了？发生什么事了？"

刘老板咬紧牙根站起身，很不满地瞪了胖子一眼："天塌下来啦！"

也就在这个时候，"嚓"，一道摄像机的灯光照了过来，刘老板倒退了一步，大声问道："你们是谁？想干什么？"

摄像机后面有人嚷了起来："我们是电视台'记者行动'节目组的，接到一个报料，说这里有人持刀绑架。"

刘老板不想和记者打交道，再说今晚的事也不宜声张，他连忙整了整衣领说："这里什么事也没有，肯定是打错电话乱报料的。"

那两个记者发现这里并没报料中的绑架场面，心想有人报假料了，这种事儿以前也发生过，但是他们认出了躺在地上的胖子是谁，顿时觉得十分奇怪。刘老板连忙解释说："我和郑、郑老板晚上喝多了，他、他有点醉意，呵呵，不好意思，打扰你们了……"

两个记者"哦"了一声，将信将疑地关上摄像机，走了。

这时候，地上的胖子也渐渐醒了，他突然坐起身来，恼怒地对着刘老板喝问："你叫电视台记者来拍我？你这什么意思？设局害我呀！"

刘老板知道他误会了，便连忙解释，但胖子说什么也不相信，他霍地站起身，说："我还正奇怪着呢，你突然要给我进贡一个美女，还要把别墅借给我住，知人知面不知心呀……"说着，他气鼓鼓地拂袖走了，把刘老板撇在一边，发着呆。

再说那天夜里，牛福清意外地找到女儿，好言相劝，第二天便带着她回到了牛村，后来就送小青去一所培训学校学手艺了。牛胜利呢，第二天接到刘老板电话，让他到公司去取工钱，没想到刚进门就被几个警察按倒在地。原来刘老板报案了，警察从他身上搜出刘老板的身份证和银行卡，牛胜利因涉嫌勒索被刑事拘留。

再说牛永春吧，那天夜里他帮牛福清找到女儿之后，不敢再回别墅，不过他没跑，还是和老婆一起留在马铺打工。

有一天，牛永春拖着疲惫的身子回到租住的房子里，老婆突然大惊小怪地叫起来："快，快来看！"他好奇地走到电视机前，那台从二手市场买来的旧电视机正在播放新闻专题片，画面上出现了一幢漂亮的别墅，老婆说："你看，这不就是我们那个'牛村驻马办'吗？"

牛永春眼睛一下瞪大了，自从那天离开"驻马办"后，他还不时回想起在里面经历的事呢。

这时，电视里正响着播音员的声音：纪检部门根据群众举报的线索，顺藤摸瓜，掌握了龙腾房地产开发公司总经理刘伟雄违法违规、行贿国家公务人员的大量事实，并且根据刘伟雄的揭发，查处了市建设局局长郑刚。这时，画面上出现了刘老板的镜头，然后出现的就是那个郑刚，牛永春一眼认出这就是那天晚上到"驻马办"的胖子，原来他们是官商勾结，狼狈为奸。牛永春指着电视上的胖子说："你们终于也有了今天！"

播音员继续说着：有关部门认为，刘伟雄的别墅是未经批准修建的违法建筑，按照有关法律规定，应该把它拆毁。

"不会吧，拆毁？"牛永春以为听错了，大声地说，"这么好的楼房呀！"

老婆说："城里的事，有时真是说不清。不过那不是我们自己的'驻马办'，拆了也就拆了……"

牛永春叹了一口气，说："可惜我没钱，要不就把它买下来，做一个真正的'牛村驻马办'，那多好呀！"话音刚落，电视上出现了别墅起爆的画面，"轰"的一声，腾起一片蘑菇云，刘伟雄的别墅被拆了……

老婆望着电视画面上满地的废墟，自言自语地说："是谁举报的呢？"

牛永春张了张嘴，但还是什么都没说……

（何葆国）

（题图：杨宏富）